RHEIN RUHR BANK
Société Générale Alsacienne de Banque
Deutsche Bank
RHEINBODEN
ST. ANDREAS
FUNKHAUS
ST. MARIA HIMMELFAHRT
Hotel Kölner Hof
HAUPTBF
Bundesbahn-Hotel
SCHMITT SCHMITT
Verkehrsamt
Bank für Gemeinwirtschaft
P.P. Kerp
KONGRESS DER MODEN
Wallraf-Richartz-Museum
Ostermann
FRANZ SAUER
Domkloster
Dom-Hotel
Dionysos-Mosaik
DOM
COLNER HOFBRAU
Am Hof
Domhof
Kösel-Puffet
RATHAUS
Hotel Minerva
Frankenplatz
Omnibusbahnhof
Bischofsgartenstr.
Am Frankenturm
Stadt Verwaltung für Wirtschaft u. Häfen
Große Neugasse
Alter Markt
GROSS ST. MARTIN
Gemeinnützige Aktiengesellschaft für Wohnungsbau

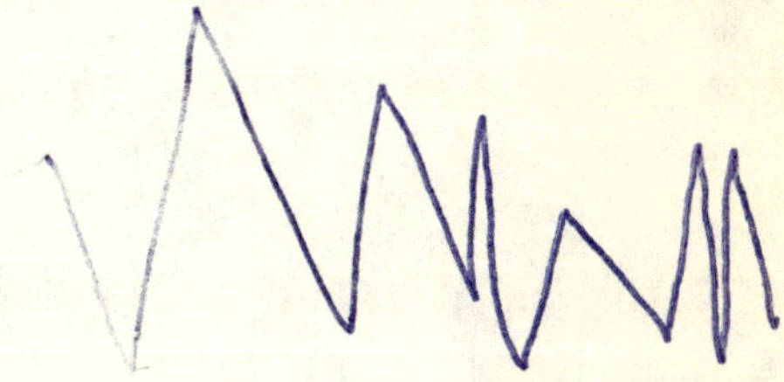

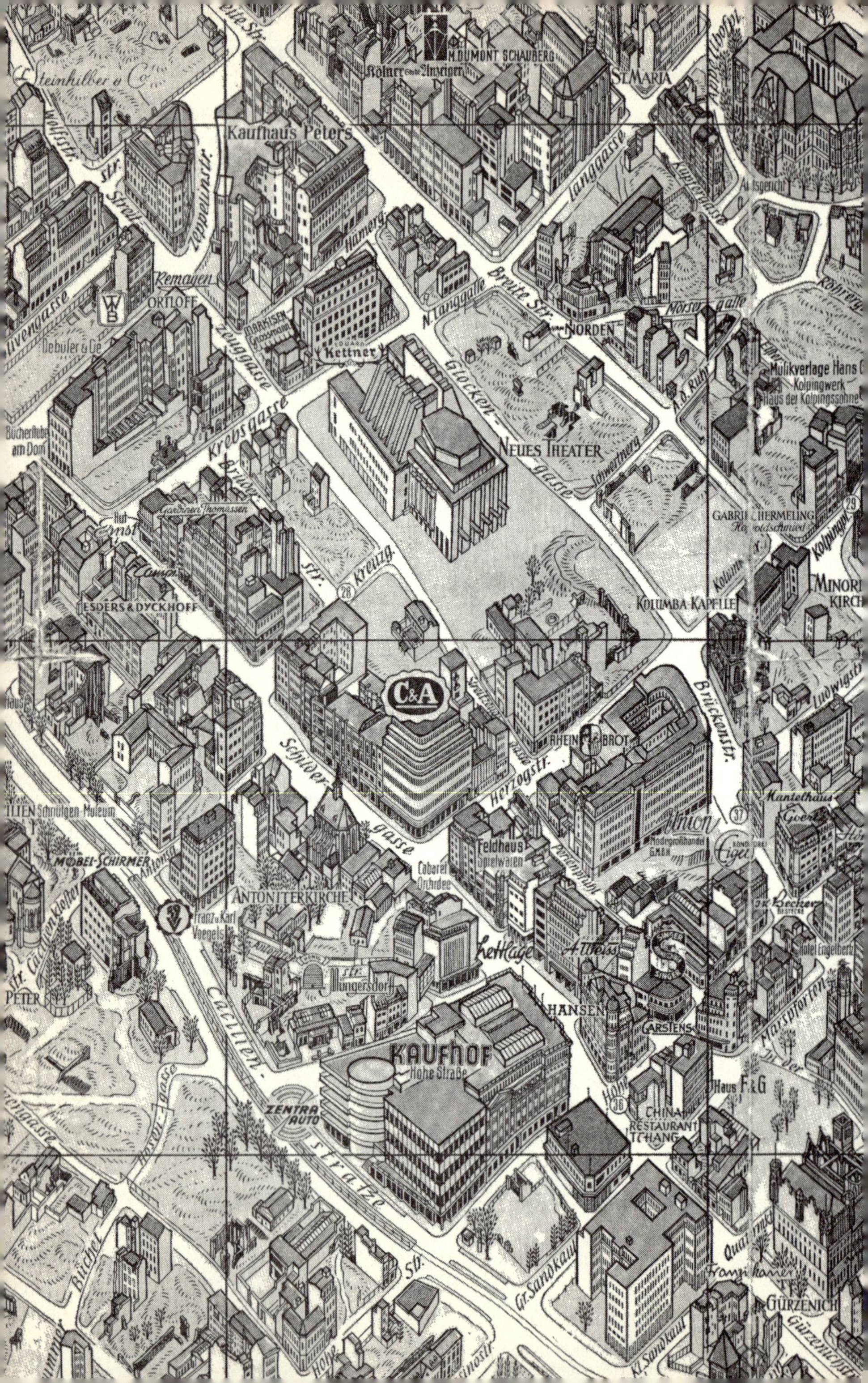
M. DUMONT SCHAUBERG
ST. MARIA
Kaufhaus Peters
Langgasse
Remagen
ORTLOFF
Kettner
NORDEN
Breite Str.
Glocken-gasse
NEUES THEATER
Krebsgasse
Bücherstube am Dom
Gardinen Thomassen
ESDERS & DYCKHOFF
KOLUMBA KAPELLE
C&A
Schilder-gasse
Herzogstr.
RHEIN BROT
Brückenstr.
Feldhaus Spielwaren
Cabaret Orchidee
Schnütgen-Museum
MÖBEL-SCHIRMER
ANTONITERKIRCHE
Franz & Karl Voegels
Hettlage
A. Weiss
HANSEN
CARSTENS
KAUFHOF
Hohe Straße
ZENTRA AUTO
Cäcilien-straße
Haus F&G
CHINA RESTAURANT TCHANG
GÜRZENICH
Gr. Sandkaul
Kolpingwerk
Ludwigstr.
Marspforten
Hotel Engelbert

KÖLN KRIMI Classic

1

Edgar Noske, Jahrgang 1957, lebt als freier Autor bei Köln. Mit *Nacht über Nippes* legt er seinen ersten Roman vor.

Edgar Noske

Nacht über Nippes

Emons Verlag Köln

Umschlaggestaltung: Atelier Schaller, Köln
Umschlagzeichnung: Heribert Stragholz
Satzerstellung mit WordPerfect Textverarbeitung
Satzbelichtung: Stadt Revue Verlag GmbH, Köln
Druck und Bindung: Ueberreuter Buchproduktion, Korneuburg
Printed in Austria 1994

ISBN 3-924491-45-3

Stadtplan auf Vor- und Nachsatz aus:
Bildstadtplan Nr. 15, Stand 1956, Braunschweig
Bollmann Bildkarten Verlag GmbH & Co KG
Postfach 6110, 38052 Braunschweig

Für Martina

Der Dank des Autors gilt Dr. Klaus Stallbaum
für seine Freundschaft.

ERSTES KAPITEL

Donnerstag, 31. Januar 1957

Blind. Zuerst dachte ich wirklich, ich sei blind. Dann begriff ich, daß es stockfinster war. Jemand mußte die Fensterläden geschlossen und die Vorhänge zugezogen haben. Ich wollte mich aufsetzen, und mir wurde speiübel.

Nach einer Weile versuchte ich es noch einmal. Diesmal ging es besser. Der Brechreiz hatte nachgelassen. Es gelang mir, die Beine über die Bettkante zu bringen. Der Fußboden war ungewohnt kalt. Mein Teppich war verschwunden.

Auf dem Weg zur Tür knallte ich mit dem Knie gegen ein Möbel, das da nicht hingehörte. Der Größe nach eine Kommode. Mir wurde klar: Das war nicht mein Zimmer.

Vorsichtig tastete ich mich die Wand entlang und erschrak, als ich einen Bilderrahmen herunterholte. Endlich kam ich zu einer Tür. Ich fand die Klinke und zog die Tür auf.

Vor mir lag ein langgestreckter Flur. Schwaches Licht fiel aus einem Raum am anderen Ende. Bei jedem Schritt machten meine Füße schmatzende Geräusche auf dem Balatum. Links eine Tür. Rechts zwei Türen, dazwischen eine Garderobe und ein wackeliges Schränkchen.

Der erleuchtete Raum entpuppte sich als heruntergekommenes Badezimmer. Gegen die Dunkelheit kämpfte eine 25-Watt-Birne, die unverkleidet von der Decke herabbaumelte. Ein Klobecken ohne Sitzbrille, eine Badewanne, der großflächig die Emaille abhanden gekommen war. Die blau-weißen Kacheln hatte ein Stümper verlegt. Über dem verdreckten Waschbecken hing ein gesprungener Spiegel.

Der Kerl, der mir aus dem Spiegel entgegenstarrte, hatte blutunterlaufene Augen wie eine besoffene Bulldogge. Haut von der Farbe nassen Zeitungspapiers. Ich streckte die Zunge heraus. Sie war graublau belegt. Es gab nur kaltes Wasser, und das schmeckte nach Rost. Das Handtuch war feucht und roch muffig.

Erst jetzt bemerkte ich, daß ich völlig nackt war. Ein dumpfes Schamgefühl stieg in mir hoch. Nicht, daß ich prüde wäre, aber ich weiß ganz gerne, in wessen Wohnung ich ohne Hosen herumlaufe. Und genau das wußte ich nicht. Ich wußte weder wo ich war, noch wie ich hierher gekommen war. Mir fiel nicht einmal ein, wie ich den gestrigen Abend verbracht hatte. Offenbar litt ich an Gedächtnisschwund, und das machte mich nervös.

Also versuchte ich es mit einfachen Dingen. Name, Alter, Anschrift. Leonhard Saalbach, 37, Merlostraße 8, Neustadt-Nord, Köln. Das klappte. Geburtstag? 22.09., der gleiche Tag wie Hans Albers. Mitinhaber eines Hotel garni namens Schwarze Katze. Geschieden, seit vierzehn Monaten. Name der Ex-Gattin: Sybille. Liaison? Ich nickte. Charlotte, genannt Charlie. Diejenige, die immer behauptet, ich sei ein Doppelgänger von Errol Flynn. Beim Vorabend angekommen, war wieder Sense.

Das Bord über dem Waschbecken ließ keine Rückschlüsse auf den Eigentümer der Wohnung zu. Eine Zahnbürste im Glas, eine Tube Nivea-Zahnpasta, ein Flacon Farina Gegenüber, 8x4 Puder und ein Kamm voller Haare. Auf dem Waschbeckenrand vergammelte ein parfümiertes Seifenstück. Der kleine Medizinschrank neben der Tür beherbergte Heftpflaster, Mullbinden, Jod, Bullrich-Salz, Wick VapoRub, Aspirin und eine Packung Vetters Ulcus-Kapseln. Ich schluckte zwei von den Magenpillen, warf zur Sicherheit zwei Aspirin hinterher und spülte nach.

Mit Hilfe des Lichtscheins aus dem Bad fand ich den Schalter im Flur. Die Deckenleuchte flammte auf. Fliegenleichen in der Lampenschale.

Das wackelige Schränkchen war ein offener Schuhschrank und steckte voller Pumps. An der Garderobe ein Wollmantel und ein Trenchcoat, beide linksgeknöpft. Zwei Damenhüte. Der schwarze erinnerte an eine plattgetretene Praline. Quer über dem Schirmständer ein Knirps. Links, hinter der angelehnten Tür, brummte ein Kühlschrank.

Ich bewegte mich zurück in das Zimmer, in dem ich zu mir gekommen war, und machte Licht. Das Schlafzimmer.

Die Tapete hatte ein sinnloses, wildes Muster. Dunkelgrüne Kreise und Quadrate, gefangen auf lindgrünem Grund. Hinter der Tür ein dreitüriger Eichenschrank, ein Vorkriegsmodell. Keinen Tag jünger der Frisiertisch mit Spiegelaufsatz. Auf dem Hocker davor türmte sich Wäsche. Links entdeckte ich die Kommode, mit der ich im Dunkeln Bekanntschaft gemacht hatte. Der zerbrochene Bilderrahmen auf dem Boden hatte einem Meerblick in Öl Halt gegeben. Über dem Bett hing ein verblaßter Wandteppich an einer Bambusstange und präsentierte ein stilisiertes Segelboot.

Mein Blick fiel auf das Bett. Eine Seite war leer. Das war die Hälfte, auf der ich gelegen hatte.

Auf der anderen Seite lag eine nackte Frau. Kalkweiße Haut. Schlank, aber große Brüste. Die Arme eng am Körper, als habe sie Haltung angenommen. Die Beine leicht gespreizt. Alle Haare lackschwarz. Ich sah die Frau zum ersten Mal.

Sie war jung und mußte einmal eine Schönheit gewesen sein. Das sah man auch jetzt noch, obwohl sich ihr Gesicht blau verfärbt hatte. Die Augen waren aus den Höhlen getreten und mochten Gott weiß was erblicken, aber nichts mehr von dieser Welt. Um ihren Hals war ein Gürtel geschnürt. Überflüssigerweise fühlte ich ihren Puls. Sie war so tot wie sie aussah.

Als ich mich hinabbeugte, erkannte ich den Gürtel an der silbernen Schnalle. Es war meiner.

ZWEITES KAPITEL

Eine Minute Panik. Dann ging es wieder.

Meine Sachen lagen am Fußende des Betts. Die Bulova steckte in der Hosentasche. Halb sechs. Portemonnaie, Brieftasche und Wagenschlüssel, alles war da. Man hatte mich also nicht beraubt.

Angekleidet spähte ich einen Augenblick später aus dem Fenster. Es regnete. Kleine Rinnsale liefen die Scheibe hinunter. Ich befand mich offensichtlich in der ersten Etage. Vor mir eine schmale, mir völlig unbekannte Straße mit drei- und vierstöckigen Häusern. Hier und da ein Fenster erleuchtet. Ein Wagen kam die Straße entlang und strahlte die parkenden Autos mit seinen Scheinwerfern an. Ein Borgward Hansa, zwei Käfer, ein Taunus, ein Lloyd. Keine Spur von meinem Porsche.

Die Situation war beklemmend. Ich konnte noch nicht einmal mit Sicherheit sagen, daß ich in Köln war. Und dann diese Tote. Erdrosselt mit meinem Gürtel. Was war nur passiert?

Plötzlich kam mir der Gedanke, daß ich womöglich wirklich ihr Mörder war, mich nur nicht daran erinnern konnte. Mir wurde flau und ich mußte mich setzen. Verzweifelt starrte ich sie an, aber sie blieb mir unbekannt.

Auf dem Nachttisch, neben einem leblosen Wecker, stand eine Krokohandtasche. Ich leerte die Tasche auf dem Boden aus. Ein Lippenstift, ein Kamm, ein Taschenspiegel, eine Puderdose, ein Spitzentaschentuch mit den Initialen L.M., ein Päckchen Präservative, ein Schlüsselbund mit vier Schlüsseln und ein kleines Portemonnaie. Drei Mark zwanzig zählte ich. Es gab keinen Ausweis. Die Präservative ließen einen gewissen Schluß zu. Andererseits war es Jahre her, daß ich zuletzt auf die Dienste einer Hure zurückgegriffen hatte.

Die Nachtkonsolen wie die Schubfächer des Frisiertischs enthielten nur das übliche. Der Kleiderschrank war abgeschlossen, einen Schlüssel gab es nicht. Ich überlegte kurz, ob ich ihn aufbrechen sollte, entschied mich dann aber, mir zunächst die anderen Räume anzusehen.

Eine Tür weiter befand sich das Wohnzimmer. Ein senffarbener Bouclételppich harmonierte mit einer senffarbenen Tapete. Auch hier gab es den wohl unvermeidlichen Wandteppich. Ein

Sofa, zwei Sessel, ein dunkelgebeizter, polierter Tisch, ein teilverglaster Schrank aus dem gleichen Holz, ein Loewe Optalux und ein Radio mit eingebautem Tefifon machten das Ambiente. Die Kissenbezüge auf dem Sofa sahen nach Handarbeit aus. Vor dem Fenster ein Gummibaum, daneben eine Dinette. Obenauf thronten eine blumenlose Vase und eine Keksdose. Bis auf ein paar Krümel war die Dose leer.

Der Schrank enthielt einen halben Meter Büchergilde, Zeitschriften – hauptsächlich ältere Nummern der Revue und der Neuen Illustrierte –, Geschirr und Gläser für alle Gelegenheiten, Tischdecken und Servietten. Wieder das Monogramm L.M. – auf einem silbernen Serviettenring. Das klassische Kommunionsgeschenk. Der Getränkevorrat bestand aus einer halben Flasche Jacobi und einer unangebrochenen Flasche Campari Bitter.

Die Küche war deprimierend wie das Radioprogramm am Totensonntag. Ein verschrammter Kühlschrank mit angeschimmeltem Käse, einem Zipfel Dauerwurst und saurer Milch im Innern. Ein Gasherd, auf dem zwei schmutzige Töpfe und eine verkrustete Pfanne standen, ein Hängeschrank über einer Spüle voll ungespültem Geschirr. Das war alles. Kein Tisch, kein Stuhl.

Der Hängeschrank war recht sorglos an die Wand geschraubt. Als ich die Klapptür öffnete, fiel er fast herunter. Ich entdeckte Zucker, Salz, Gries, Mehl, ein Fläschchen Maggi und was man sonst so zum Kochen braucht. Aber keine Hinweise.

Der Abreißkalender einer Apotheke daneben zeigte den 30. Januar. Hinter dem Vorhang unter der Spüle stieß ich auf einen Abfalleimer und Putzutensilien. Ganz hinten, neben dem Knick des Abflußrohrs und eingewickelt in einen Lumpen, fand ich eine Zigarrenkiste. Als ich sie aufklappte, hätte ich beinahe laut gepfiffen.

Ein Päckchen Hundertmark-Scheine, gebündelt mit einem Einweckgummi. Alles in allem über viertausend Mark. Ein goldener Ring mit einem gefaßten Rubin, eine weißgoldene Halskette und eine Dugena-Damenuhr, alles in einem Leinensäckchen verstaut. Zuunterst ein Lederetui. Ich klappte es auf. Ein Personalausweis der Bundesrepublik Deutschland, ausgestellt auf den Namen Lieselotte Henriette Möbbich, geboren am 05.02.32 in Worringen. Dem Foto nach war das der Ausweis der Toten aus dem Schlafzimmer. Nächste Woche wäre sie fünfundzwanzig geworden. Als Anschrift war Cranachstraße 24 eingetragen. Die lag in Nippes. Mit ein wenig Glück wußte ich damit auch, wo ich war.

Noch einmal ging ich in das Schlafzimmer und überlegte, was ich tun sollte. Wenn ich die Kripo rufen würde, konnte ich mich damit verdammt in die Nesseln setzen. Die Geschichte mit dem Gedächtnisschwund würde mir kein Mensch abkaufen. Andererseits konnte ich die Sache aber auch nicht einfach auf sich beruhen lassen.

Sie tat mir leid, wie ich sie dort liegen sah, nackt und tot, und auf einmal konnte ich ihren Anblick nicht mehr ertragen. Ich löschte das Licht und wechselte in den Flur.

Automatisch klopfte ich die Jackentaschen nach Zigaretten ab. Dann fiel mir ein, daß ich seit Neujahr nicht mehr rauchte, und das machte mich in der Situation halb verrückt.

Plötzlich blitzte ein blaues Licht vor dem Schlafzimmerfenster auf. Ein Motor wurde gequält, Reifen quietschten. Ich löschte das Flurlicht und hastete zum Fenster. Mit der Hand schob ich den Vorhang ein Stück zur Seite. Zwei Wagen. Ein Streifenwagen, der andere zivil. Zwei Männer in Ledermänteln und mit Hüten stiegen aus. Von dem Blaulicht in Intervallen angestrahlt, kamen sie auf das Haus zu. Der größere der beiden hob kurz den Kopf und blickte zum ersten Stock hinauf. Ich erkannte ihn sofort, als sich sein Gesicht aus dem Schatten der Krempe löste. Ein Kinn wie ein Schneepflug, strichdünne Lippen, graue harte Augen. Das war Matern. Kriminalhauptkommissar Heinrich Matern.

Die Entscheidung fiel blitzschnell. Im Dunkeln stolperte ich in die Küche und riß das Fenster auf. Es hatte aufgehört zu regnen. In dem fahlen Lichtkegel, der aus einem Fenster im Erdgeschoß fiel, zeichneten sich unter mir schemenhaft eine Kellertreppe und zwei Ascheimer ab. Weiter hinten eine Mauer, dahinter das angrenzende Grundstück. Ich kletterte auf das Fensterbrett und hoffte inbrünstig, daß ich jenseits der Treppe landen würde. Als ich mich abstieß, fiel mir der Gürtel ein.

Die Landung war unsanft, aber fair. Ich streifte lediglich einen der beiden Blecheimer, der mit Getöse umstürzte und seinen Inhalt ausspuckte. Ich rollte ab und kam mit ein paar Küchenabfällen garniert wieder auf die Beine. Mit zwei Sätzen war ich an der Mauer. Anderthalb Mannshöhen, aber ein hilfreicher Geist hatte ein Herrenrad angelehnt. Ich federte auf die Stange, packte die Mauerkrone – netterweise hatte man keine Glasscherben einzementiert – und schwang mich hoch. Das Rad kippte um. Plötzlich wurde es hell im Hof, ein Fenster wurde aufgerissen, und eine Männerstimme fluchte.

Eine Trillerpfeife schrillte. Ich machte, daß ich auf der anderen Seite hinunterkam, lief in die Durchfahrt und quetschte mich an einem abgestellten Tempo-Kasten vorbei. Das Tor war abgesperrt. Es dauerte elend lange, bis ich den Riegel entdeckte. Mit einem metallischen Knall flog er zur Seite.

Ein fast menschenleerer Bürgersteig. Zwei, drei, graue Figuren auf dem Weg zur Frühschicht, aber keine Schmiere. Ich wandte mich nach rechts. Auf dem Straßenschild an der nächsten Ecke stand Steinbergerstraße. Nun wußte ich definitiv, wo ich war.

Ich überquerte die Kempener Straße und ließ den Wilhelm-Platz links liegen, die Hände in den Jackentaschen vergraben. Niemand brüllte »Haltet den Mörder!«, niemand schoß auf mich. Ein streunender Köter einer völlig neuen Rasse lief ein paar Schritte vor mir und hob sein Bein ans Hinterrad eines Wagens. Eine nette Überraschung. Denn das, was er da bepinkelte, war nichts anderes als mein 356er Coupé. Die Fahrertür war nicht abgeschlossen. Ich turnte hinein, zog den Schlüssel aus der Jacke und startete den Motor.

Als ich die Neusser Straße stadteinwärts fuhr, brach mir der kalte Schweiß aus.

Bombensplitter hatten an der Fassade des Hauses genagt. Die Narben hatte man beseitigt, aber vergessen, die Putzflicken dem Anstrich anzupassen.

Kretzschmar, drittes Klingelschild von unten. Toni mußte da sein, schließlich parkte der schwarze 180er Diesel mit dem Taxischild vor dem Eingang. Bange Minuten, in denen ich mich nach allen Seiten umsah, bis der Türsummer endlich den Weg freigab. Obwohl noch reichlich schwach im Schenkel, nahm ich immer zwei Stufen auf einmal.

Kurz, bullig, mit Bürstenschnitt und stoppeligem Kinn stand Toni auf dem Treppenabsatz. Er steckte in einem albern gemusterten Schlafanzug und war barfuß. Nach seinem Gesichtsausdruck zu urteilen, war unsere Freundschaft in Gefahr.

»Du? Weißt du, wie spät es ist?«

»Tut mir leid, Toni.«

»Ich bin bis Mitternacht gefahren, verdammt!«

»Noch mal, zum Mitschreiben: Tut mir leid.« Ich packte seine Schultern und schob ihn in die Wohnung. »Ich sitze in der Tinte.«

»Sei leise«, sagte er. »Erika schläft.«

Wir gingen in die kürzlich renovierte Küche, in der es noch immer nach Farbe roch. Die Einbaumöbel hatte Toni selbst geschreinert. Hellblau lackiert machten sie einen ansprechenden Eindruck. In dem verhängten Käfig auf der Eckbank schnarchte Hansi, der Kanarienvogel.

Toni machte sich an dem funkelnagelneuen Bauknecht zu schaffen. »Auch 'n Bier?«

Ich nickte und ließ mich auf die Bank fallen. Er brachte zwei Flaschen und nahm sich einen der Stühle. Wir hebelten die Porzellanverschlüsse auf.

Nach dem ersten Schluck sagte er: »Erzähl schon.«

Ich berichtete, ließ fast nichts aus und erfand nichts hinzu. Toni saugte unterdessen an seiner Zahnlücke und lernte die Beschriftung des Flaschenetiketts auswendig.

Als ich fertig war, bemerkte er lakonisch: »Ich wußte immer, daß es mit dir ein beschissenes Ende nehmen würde, Leo. Du säufst zuviel.«

»An dir ist ein großer Tröster verlorengegangen, Toni. Deshalb bist du auch meine erste Adresse, wenn ich Kummer hab. Aber heute liegst du schief. Ich war nicht besoffen.«

»Ach?« Er hob Brauen wie ein Stummfilmstar. »Ich denke, du kannst dich an nichts erinnern. Aber das weißt du noch?«

»Ich weiß, wie ich mich fühle, wenn ich am Abend vorher zugeschlagen habe. Das ist nicht der übliche Kölsch-Korn-Kater. Ich hab bleischwere Knochen und einen verkorksten Magen. Keinen Brummschädel.«

»Wer weiß, was du in dich hineingekippt hast. Irgendwelche keksbunten Cocktails.«

»Red kein Blech. Ich habe mehr den Verdacht, daß man mich mit einem Mittelchen schachmatt gesetzt hat.«

»K.o.-Tropfen?«

»Etwas in der Art.«

»Blödsinn! Du guckst zu viele billige Filme.« Er steckte seinen Zeigefinger in den Flaschenhals, legte ihn um und zog ihn mit einem Plop wieder heraus. »Wer soll das getan haben? Der große Unbekannte?«

»Mindestens eine weitere Person muß mitgespielt haben. Nämlich die, die die Kripo alarmiert hat.«

Das leuchtete ihm ein. Er kratzte sich am Kinn. Dann wurde der Blick seiner Spanielaugen hart wie Achat. »Der dritte Mann muß aber nicht zwangsläufig der Mörder sein. Es würde reichen, wenn er dich und die Tote im Bett gefunden hätte.«

Ich studierte eingehend das Etikett. Das Bier kam aus Dortmund. »Glaubst du, ich war es?«

»Hast du dich das nicht schon selbst gefragt?«

»Schon dreimal.«

»Und? Wie hast du die Frage beantwortet?«

»Dreimal mit nein«, sagte ich und hielt seinem Blick stand.

Es dauerte, aber schließlich kapitulierte er und seufzte.

»Ich kann mir das eigentlich auch nicht vorstellen. Obwohl du schon öfter mit einem Bein im Knast gesteckt hast, als ich Knöllchen kassiert hab. Aber Frauen erdrosseln – das ist was völlig anderes.« Mit Daumen und Zeigefinger malträtierte er sein rechtes Ohrläppchen. »Kannst du dich denn an gar nichts mehr erinnern?«

Ich schüttelte den Kopf. »Das letzte, was ich weiß, ist, daß wir um halb acht zu Abend gegessen haben. Koteletts, Stampfkartoffeln, Rotkohl. Ich hatte das Lorbeerblatt. Danach kommt ein riesiges schwarzes Loch.«

»Wir hatten Sauerkraut und Mettwürstchen«, sagte er überflüssigerweise. Und nach einer Weile: »Was willst du jetzt tun?«

Ich leerte die Flasche. »Ich muß den gestrigen Abend rekonstruieren. Lückenlos. Wohin ich gegangen bin, mit wem ich mich getroffen habe. Und ich muß herauskriegen, wer die Tote ist. Dabei mußt du mir helfen.«

»Du hast doch gesagt, sie heißt Lieselotte Möbbich.«

»Das ist aber auch alles, was ich von ihr weiß. Wichtig ist: Wo habe ich sie kennengelernt? Wo hat sie gearbeitet?«

»Du glaubst, sie war eine Prostituierte?«

»Der Verdacht liegt nahe.«

»Hm. Was soll ich dabei tun?«

»Geh zu Charlie und frag sie, ob ich ihr erzählt habe, was ich vorhatte.«

Er gähnte haltlos.

»Das kannst du doch selbst machen.«

»Geht nicht. Ich habe Angst, daß die Schmiere jeden Augenblick in der Schwarzen Katze auf der Matte steht.«

»Blödsinn. Dazu müßte Matern hellsehen können.«

»Du vergißt, daß meine Fingerabdrücke in der Kartei sind.«

»Das weiß ich. Aber du hast doch gesagt, du hättest dir ein Taschentuch um die Griffel gewickelt, bevor du die Wohnung durchkämmt hast.«

»Hab ich auch«, sagte ich. »Hast du noch ein Bier?«

»Bedien dich.« Er deutete mit dem Kopf in Richtung Kühlschrank. »Was ist nun mit deinen Fingerabdrücken?«

Ich wartete mit der Antwort, bis ich wieder saß. »Der Gürtel.«

»Was ist mit dem Gürtel?«

»Ich hab ihn vergessen.«

»Vergessen? Wo?«

»Na, wo wohl?«

Jetzt verstand er, und seine Augen wurden groß wie Bierdeckel. »Was? Das darf doch wohl nicht wahr sein!« Mit der rechten Hand wischte er eine imaginäre Scheibe vor seinem Gesicht. »Bist du eigentlich total bescheuert? Da hättest du auch gleich einen Zettel mit Namen und Anschrift dalassen können.«

»Ich war nicht in Form«, sagte ich lahm. »Mir war schlecht. Und ich mußte holterdipolter türmen.«

Er schüttelte fassungslos den Kopf. »Und dich habe ich mal für einen ausgekochten Burschen gehalten.«

»Mach es nicht schlimmer, als es ist. Wer weiß, was ich in der Wohnung alles angefaßt habe, bevor ich eingepennt bin. Außerdem bin ich wahrscheinlich zusammen mit dieser Möbbich in das Haus gegangen. Wenn ich Pech habe, hat mich dabei die halbe Nachbarschaft gesehen.«

Das sah er ein. »Also hast du hauptsächlich Zeit verloren. Wie spät ist es?«

Ich konsultierte meine Uhr. »Kurz vor sieben.«

»Dann bist du spätestens um zwölf zur Fahndung ausgeschrieben. Wo steht dein Wagen?«

»Am Prälat-Otto-Müller-Platz.«

Er spielte Nebelhorn, indem er in den Flaschenhals pustete und stierte auf das Linoleum. Hansi flatterte sich den Schlaf aus dem Gefieder. Ich gierte nach einer Zigarette.

»Okay«, sagte Toni. »Du bleibst hier und rührst dich nicht von der Stelle. Ich werde Erika Bescheid sagen. Sie kann dir Frühstück machen. In der Zeit statte ich der Schwarzen Katze einen Besuch ab und rede mit Charlotte. Wenn es keine Probleme gibt, bin ich in einer halben Stunde wieder hier.«

Blöd, wie ich nun einmal bin und weil mir das Bier zu Kopf gestiegen war, sagte ich: »Hast du keine Angst, deine Frau mit einem potentiellen Frauenmörder allein zu lassen?«

Er sagte nichts. Aber viel fehlte nicht, und er hätte mich geschlagen.

Kretzschmars altes Sofa war bequem. Ich hatte die Schuhe ausgezogen, lag lang und studierte den Stadt-Anzeiger vom Vortag. »Neue Vorstöße für die Hauptstadt Berlin« hieß der Aufmacher. Wenn das in diesem Jahrhundert noch etwas werden würde, wollte ich Tünnes heißen.

In *Quer durch Köln* wurde es interessant. Der Raubüberfall auf das An- und Verkaufsgeschäft in der Brüsseler Straße vom 25., den mehrere Männer, bewaffnet mit einem Brotmesser, verübt hatten, war aufgeklärt. Die Kripo hatte vier Arbeitslose im Alter zwischen 15 und 36 Jahren aus Ossendorf bzw. der Innenstadt hochgenommen.

Die Tür schwang auf, und Erika kam mit einem Tablett herein. Ich sprang auf und nahm es ihr ab.

»Warum hast du mich nicht gerufen?« sagte ich. »Werdende Mütter haben an sich selbst genug zu tragen.«

Sie lächelte, was ihre Grübchen hergaben, und legte ihre Hände auf die Schürze, unter der sich ihr Bauch wölbte. »Keine Sorge. Ich fühle mich pudelwohl.«

»Wann ist es denn soweit?«

»In vier Wochen.«

Gemeinsam deckten wir den Tisch. Sie schenkte den Kaffee ein. Der Tropfenfänger an der Tülle war hellblau.

»Trinkst du ihn noch immer schwarz?«

Jetzt war ich mit Grinsen an der Reihe. »Das ist das Geheimnis meiner Samthaut.«

Sie lachte, was sie noch hübscher machte. Zierlich, blond mit Wasserwelle, hellblaue Augen und diese Grübchen. Toni war ein Glückspilz.

»Freut der Toni sich?« fragte ich.

»Er ist ganz jeck. Er hat sogar schon Spielzeug gekauft. Eine Blechlokomotive. Für ihn steht fest, daß es ein Junge wird.« Mit einer Stoffserviette betupfte sie ihre Lippen. Das hob das Niveau der Tafel ganz entschieden. »Ich wünsche mir ein Mädchen. Besonders, wenn ich daran denke, was mir meine Schwiegermutter erzählt hat. Toni muß ein schrecklich wilder Junge gewesen sein. Ein richtiges Rauhbein.«

»Wenn du eine Tochter hast, geht sie mit solchen Kerlen zum Tanzen.«

»Es gibt ja auch andere Männer.«

»Zum Beispiel angehende Pastoren.«

Die Tassen waren leer. Diesmal schenkte ich nach.

»Kanntet ihr euch eigentlich schon als Kinder?« fragte sie, während sie umrührte.

»Nein. Wir haben uns erst nach dem Krieg kennengelernt.«

»Wie?«

»Sag bloß, du kennst die Geschichte nicht?«

Sie schüttelte nur den Kopf.

Ich kratzte mich am Kinn. Eine Rasur war überfällig. »Das war im Winter 47/48 auf dem Schwarzmarkt an der Frankenwerft. Ich habe mich damals von zwei Schiebern aus der Südstadt übers Ohr hauen lassen. In der Stange Lucky Strike, die sie mir angedreht haben, war nur ein Päckchen mit Zigaretten, die restlichen waren voller Sägemehl. Also bin ich am nächsten Tag wieder hin und habe die Kerle zur Rede gestellt. Immerhin kostete damals eine Zigarette sechs Mark. Sie haben nur gelacht. Da habe ich dem einen eine verpaßt und wollte auf den zweiten los, als ich mich plötzlich fünf Schlägern gegenübersah. Solche Kaliber. Ich habe fürchterliche Prügel bezogen. Toni stand in der Nähe und ist mir zu Hilfe gekommen, obwohl er mich gar nicht kannte. Er fand das einfach unfair, fünf gegen einen.«

Sie machte große Augen und hörte auf zu kauen. »Was hatte Toni auf dem Schwarzmarkt zu suchen? War er auch ein Schieber?«

»Nein, nein«, sagte ich treuherzig. »Er war rein zufällig da.«

»Wie ist die Schlägerei ausgegangen?«

»Fifty-fifty. Jedenfalls konnten wir das Schlachtfeld erhobenen Hauptes verlassen. In seiner Bude haben wir unsere frische Freundschaft dann mit einer Flasche Korn begossen.«

»Davon hat er mir nie erzählt.«

»Er ist halt zu bescheiden.«

»Ja, das ist er wohl«, sagte sie verträumt.

Erika und ihr Prinz. Die beiden paßten gut zusammen.

Als sie ihre dritte Schnitte in Angriff nahm, sagte sie: »Rate mal, wen ich gestern getroffen habe?«

»Willy Hagara.«

»Nein! Ernsthaft.«

»Keine Ahnung. Wen?«

»Sibylle.«

Ich ärgerte mich, weil ich einen kleinen Stich in der Herzgegend verspürte. Äußerlich blieb ich unbeeindruckt wie ein Feuerwerker, der vergessen hat, in welche Richtung man den Zünder abschraubt.

»Und?« fragte ich mit einem Kiekser.

»Ich war bei Feinkost Lentzen. Meine Mutter kommt nämlich morgen zu Besuch. Zuerst habe ich Sibylle gar nicht erkannt. Sie trägt die Haare jetzt kurz und hat sie gefärbt.«

»Grün?«

»Grün? Schwarz.«

»Und sonst?« fragte ich, obwohl ich keine Lust dazu hatte.

»Zuviel Make-up, zuviel Schmuck, wenn du mich fragst. Solche Ohrringe.« Mit Daumen und Zeigefinger deutete sie den Durchmesser an. »Sie sah schlecht aus. Blaß. So, als komme sie nie vor die Tür.«

»Sie wird sich die Nächte um die Ohren hauen, wie immer. Habt ihr miteinander geredet?«

»Nur Hallo und Wie geht's. Sie war in Eile. Aber ich soll dich grüßen.«

Ich nickte dankend und trank aus. Das folgende Schweigen erinnerte mich an Zahnschmerzen.

»Vielleicht wäre alles anders gekommen, wenn ihr Kinder gehabt hättet«, sagte Erika nach einer Weile.

Kinder als Medizin für kranke Ehen hielt ich für Schwachsinn. Aber darüber mit einer Schwangeren zu diskutieren, war müßig.

»Wir hatten beide Schuld«, sagte ich. »Sie ist sehr geltungsbedürftig, und ich bin kein Mann, der Komplimente macht. Da hat sie sie sich eben woanders geholt. Dabei war sie selbst eifersüchtig, daß es nur so schäumte. Mehrfach hat sie mir ein Verhältnis mit Charlie unterstellt. Und dann der ewige Streit, weil ich nicht in die Firma ihres Vaters eintreten wollte.« Schlagartig hing mir das Thema zum Hals heraus. »Habt ihr Zigaretten im Haus?«

»Toni raucht nicht mehr.«

»Er auch? Seit wann?«

»Seit Neujahr. Hat er dir davon nichts erzählt?«

»Wir haben uns heute zum ersten mal seit Weihnachten gesehen. Er kommt ja nicht mehr oft zum Stüsser.«

Ihre Stirn kräuselte sich. »Du sagst das so vorwurfsvoll.«

»Unsinn.«

Sie glaubte mir nicht, und die Stimmung war schlagartig dahin. Abrupt stand sie auf.

»Ich muß mich um die Wäsche kümmern«, sagte sie und verschwand.

Um die Zigaretten zu vergessen, steckte ich mir ein Stück Würfelzucker in den Mund, streckte mich aus und deckte mein Gesicht mit der Tageszeitung zu. Die Druckerschwärze stank, aber die Dunkelheit tat gut. Ich wurde schläfrig.

Natürlich schlief ich nicht ein. Das Ticken der ZentRa auf dem Wohnzimmerschrank! Je stärker ich mich darauf konzentrierte, die Uhr zu überhören, desto eindringlicher wurden ihre Lebensäußerungen. Fluchend drehte ich das Gesicht zur Lehne.

Plötzlich saß ich senkrecht. Eine Uhr! Klar doch!

Ich hatte ein Loch in den schweren, nebelfarbenen Vorhang, der meine Erinnerung an den Vorabend verhüllte, gerissen. Mein Blick fiel auf eine viktorianische Standuhr. Poliertes Walnußholz, mannshoch, römisches Ziffernblatt. Ich kannte die Uhr nur von einer Fotografie, wußte aber, wann und wo ich die Aufnahme gesehen hatte. Gestern abend in der Ha-Mo-Bar, schräg gegenüber vom Deutzer Bahnhof. Und mir war auch wieder eingefallen, wer mir das Foto gezeigt hatte.

Ich mußte sofort nach Bayenthal.

FÜNFTES KAPITEL

Sieben Grad, starke Bewölkung, zeitweise Regen, lebhafte Winde aus Süd bis Südwest und auch weiterhin keinen Nachtfrost hatte der Wetterbericht des WDR gemeldet, und so war es ausnahmsweise auch. Kein Vergleich zum Vorjahr, als sich Eisschollen auf dem Rhein getürmt hatten.

Über den Deutschen Ring fuhr ich zum Kaiser-Friedrich-Ufer und wandte mich flußaufwärts. In Höhe der Rheinuferbahn-Haltestelle an der Hohenzollernbrücke fiel er mir zum ersten Mal auf. Ein dunkelgrüner Borgward Isabella. Hauptsächlich, weil der Fahrer trotz des trüben Wetters die Sonnenblende heruntergeklappt hatte. Ich schaltete zurück, überholte eine Handvoll Fahrzeuge und setzte mich vor einen Henschel, der auf seinen Ladebordwänden für Wicküler warb. Ich kannte niemanden, der die Plörre ernsthaft trank, aber der Laster war voll beladen. Als wir St. Maria Lyskirchen passierten, zog der Borgward nach und machte sich wieder in meinem Rückspiegel breit. Wer konnte das sein? Die Kripo fuhr keine Isabellas.

Da, wo sich einmal die Gotenringbrücke über den Fluß spannen sollte und im letzten September fünf Arbeiter den Tod gefunden hatten, stockte der Verkehr. Eine querstehende, zweifarbige Isetta blockierte die rechte Spur, ein Motorrad lag flach, und zwei Männer brüllten sich an. Die Isabella stand unmittelbar hinter mir. Der Fahrer war nicht zu erkennen. Aber es saß nur eine Person in dem Wagen. Das beruhigte mich.

Der Stau löste sich auf. Der Regen wurde stärker. Mein Schatten blieb auf Tuchfühlung. In letzter Sekunde und ohne zu blinken, riß ich das Steuer herum und bog schleudernd auf den Ubierring ein. Der Lenker des Borgward bremste, hatte aber keine Chance, die Kurve zu kriegen und dann doch Glück, daß ihm der Bierlaster nicht ins Heck knallte. Das Problem war erledigt.

Einmal um den Chlodwigplatz herum und ein Stück zurück brachte mich in die Alteburger Straße, der ich bis zum Ende treu blieb. An der Bismarcksäule schwenkte ich auf den Gürtel ein. Im Autoradio trällerte Margot Eskens: »Tiritomba, Tiritomba, einmal möcht ich noch in deine Augen seh'n. Tiritomba, Tiritomba, denn die Liebe ist so schön!«

Mein Ziel war die Villa an der Ecke Bayenthalgürtel und Bernhardstraße. Grau verputzt, quadratischer Grundriß, flaches Walmdach. Das Tor der Einfahrt stand offen. Ich rangierte den Porsche rückwärts hinein. Vom Jaguar des Besitzers war nichts zu sehen.

Der Garten war von einem Pedanten mit Zirkel und Winkelmesser angelegt worden. Die Hecke millimetergenau gestutzt, die Rasenkanten manikürt. Vermutlich buddelten auch die Regenwürmer nach einem festgelegten Plan. Ich nahm mir vor, Cecil bei Gelegenheit danach zu fragen.

Mein Finger auf dem Messingknopf setzte ein Glockenwerk in Gang, das mich jedesmal an die BBC und heimliches Radiohören im Krieg erinnerte.

Überraschenderweise öffnete die Dame des Hauses persönlich. Sie trug ein schlecht sitzendes, scharlachrotes Kostüm. Dürr und lang, wie sie war, hatte sie es nicht leicht, etwas Passendes zu finden. Andererseits hatte sie Geld genug, um nicht bei Clemens & August einkaufen zu müssen. Ihre Schuhe waren flach, was uns in etwa gleich groß machte. Zwischen Zeige- und Mittelfinger wippte eine Zigarettenspitze.

»Leo!« Sie strahlte und zeigte viel Zahnfleisch. »Mit Ihnen hätte ich nun wirklich nicht gerechnet. Treten Sie näher.«

»Ich hoffe, ich habe Sie nicht aus dem Bett geholt.«

»In meinem Alter kommt man mit wenig Schlaf aus«, sagte sie auf Deutsch, aber mit unverkennbarem Akzent.

Das war ihre Lieblingsrolle – das alte, einsame Mädchen. Ich wußte es besser. Sie war noch keine vierzig und trotz ihres Pferdegesichts die größte Aufreißerin, die ich kannte. Ihr Rezept waren Charme, Humor und Selbstironie. Drei gescheiterte Ehen und Armeen gebrochener Männerherzen pflasterten ihren Weg. Ich hatte bisher Schwein gehabt. Mich mochte sie einfach nur.

»Kommen Sie, leisten Sie mir bei einem Gläschen Sherry Gesellschaft«, sagte sie und führte mich in den Salon.

Der war grottendunkel und konsequent mit Möbeln einer Epoche ausstaffiert. Welcher Epoche, wußte ich nicht.

»Oder bevorzugen Sie einen Brandy?«

Wegen des naßkalten Wetters wählte ich den Brandy. Er hieß Duque de Alba und war samtweich.

Samantha schlug die Beine übereinander und lächelte. »Sie sehen mitgenommen aus, Leo. Plagt Sie eine Grippe?«

»Ich muß dringend mit Ihrem Bruder sprechen.«

»Oh! Cecil ist heute morgen abgereist.«

Ich schluckte. »Wohin?«

»Nach England. Er hat das Haus vor einer Stunde verlassen. Sein Flugzeug geht um neun, soweit ich weiß.«

Das war in zehn Minuten. »Meinen Sie, er ist telefonisch noch zu erreichen, bevor der Flieger abhebt?«

Sie stand sofort auf. »Es scheint ja wirklich zu brennen. Ich werde es versuchen.«

Sie verschwand hinter einer Schiebetür. Ich vernahm gedämpfte Laute, verstand aber nicht, was sie sagte. Zwei Minuten später war sie zurück.

»Sorry, Leo. Er sitzt schon in der Maschine.«

»Und wenn man vom Tower einen Funkspruch ...«

»Zwecklos. Er fliegt mit der Air Force. Ich bin froh, daß der Sergeant, den ich am Apparat hatte, mir überhaupt eine Auskunft gegeben hat. Normalerweise dürfen sie gar nichts sagen.«

»Wann erwarten Sie ihn zurück?«

»Nicht vor Sonntag.«

»Kann ich ihn in England irgendwie erreichen?«

»Leider nein. Er nimmt an einer Klausurtagung teil. Sehr geheim, sehr konspirativ. Verbotenerweise weiß ich natürlich, daß die Tagung in Tunbridge Wells stattfindet, aber ich weiß auch, daß er dort nicht erreichbar sein wird ... Mein Gott, Sie sehen ja richtig schockiert aus, Leo. Kann ich Ihnen vielleicht helfen?«

»Nur wenn Cecil Ihnen von unserem gestrigen Treffen erzählt hat.«

»Gestern? Ich weiß nur, daß er sich abends mit Ihnen in einer Bar irgendwo in Deutz treffen wollte. Angeblich ging es darum, daß er Ihnen eine Standuhr besorgen will. Late Georgian, sagte er, glaube ich.«

»Victorian.« Ich leerte mein Glas. »Als Geburtstagsgeschenk für Frau Dorn.«

Sie legte den Kopf schräg, was verblüffend anmutig aussah. »Ist Frau Dorn identisch mit jener Charlotte, mit der Sie das Hotel betreiben und mit der Sie ein Verhältnis haben?«

Indiskretion war eine ihrer Stärken.

»Wie kommen Sie darauf, daß Frau Dorn und ich ein Verhältnis haben?«

»Cecil erzählte das. Er ließ sich sogar dazu hinreißen, sie beide als ein ideales Paar zu bezeichnen. Eine Rarität in unserer Zeit.«

»So rar wie Schaukelpferde.«

Ihr Lachen war ein Glockenspiel. Dann sah sie, daß ich noch einen gebrauchen konnte, und schenkte, ohne zu fragen, nach.

»Haben Sie es sich anders überlegt? Wollen Sie die Uhr nicht mehr?«

»Doch, natürlich. Mit der Uhr gibt es keine Probleme. Es geht darum, wie der gestrige Abend verlaufen ist. Hat er Ihnen heute morgen davon erzählt?«

»Er war derart verkatert, daß er nur geknurrt hat, wenn ich ihn etwas gefragt habe. Ich nehme an, sie beide haben sich wie üblich vollaufen lassen und sind dann mit ein paar billigen Mädchen losgezogen. Stimmt das?«

»Schön wäre es.« Ich räusperte mich. »Das Problem ist, ich weiß es nicht.«

»Wie darf ich das verstehen?«

Zuerst zögerte ich. Dann sagte ich mir, daß die Geschichte morgen sowieso in allen Zeitungen stehen würde. Also berichtete ich in knappen Worten, was passiert war. Von Satz zu Satz verdüsterte sich ihre Miene.

»Sie glauben also, Cecil hat etwas mit dem Tod dieser Frau zu tun?« fragte sie, nachdem ich zum Schluß gekommen war.

»Nicht doch«, sagte ich. »Er soll mir lediglich helfen, meine Erinnerung wiederzufinden.«

»Trotzdem. Theoretisch könnte er doch, oder?«

»Theoretisch kommt auch Strauß in Frage.«

»Der Vogel?«

»Der Verteidigungsminister. Wissen Sie, um wieviel Uhr Cecil nach Hause gekommen ist?«

»Ich selbst bin gegen halb vier früh eingetrudelt. Da stand sein Wagen schon in der Einfahrt.«

Wir schwiegen uns an. Samanthas Blick richtete sich nach innen. Dabei klopfte sie mit dem Nagel ihres Mittelfingers vor das leere Sherryglas. Dreimal kurz, dreimal lang, dreimal kurz – SOS.

Plötzlich sagte sie: »Als Cecil siebzehn war, gab es mal ein Problem mit einem Hausmädchen. Sie wollte nicht. Als sie schrie, hat er sie gewürgt.«

Meine Bauchmuskulatur verhärtete sich, und ich mußte mich erneut räuspern. »Die Frau wurde erdrosselt, Samantha. Nicht erwürgt.«

»Wo ist da der Unterschied?«

»Zwischen Vorsatz und Affekt. Außerdem scheint die Ermordete nicht der Typ Frau gewesen zu sein, den man vergewaltigen muß, um ans Ziel zu kommen. Vergessen Sie Ihren Verdacht.«

Sie seufzte schwer. »Mein kleiner Bruder kann ein Engel sein. Aber sein Liebesleben ist eine Katastrophe.«

Blieb die Frage, woher sie das wußte.

»Wie ist die Geschichte mit dem Dienstmädchen ausgegangen?«

»Sie hat ihm ein Knie in die Eier gerammt«, sagte sie. »Cecil lag zwei Wochen flach.«

»Dann dürfte er seine Lektion ja gelernt haben.«

Sie bemühte sich vergeblich um ein Lächeln. Dann gab sie sich einen Ruck, stellte ihr Glas zur Seite und blickte mich wieder an. »Ich vergesse ganz, daß Sie der Hauptbetroffene sind, Leo. Was wird aus Ihnen? Wollen Sie sich bei uns verstecken?«

»Sinnlos. Meine Chance besteht darin, daß ich die Wahrheit herausfinde, bevor die Kripo mich erwischt. Eine Art Wettrennen.«

»Ein riskantes Rennen.«

»Abzuwarten und nichts zu tun, wäre riskanter.«

Diesmal gelang das Lächeln besser. So sah sie beinahe hübsch aus. »Wahrscheinlich haben Sie recht. Trotzdem, wenn Sie Unterschlupf benötigen, unser Haus steht Ihnen jederzeit offen.«

Ich wußte, daß sie meinte, was sie sagte, und wagte es deshalb, eine Bitte vorzubringen. »Vielleicht wäre es nützlich, wenn Sie im Bedarfsfall bestätigen würden, daß Ihr Bruder und ich uns gestern abend hier anstatt in der Ha-Mo-Bar getroffen haben.«

»Ich verstehe. Haben Sie hier auch übernachtet?«

»Wenn Sie so freundlich waren, mir das Gästezimmer zur Verfügung zu stellen.«

»Wir waren so freundlich.«

»Und was wird der Diener sagen?«

»Gar nichts. Seine Mutter ist erkrankt. Er ist zur Zeit in Sussex.«

»Perfekt.« Ich stand auf. »Sollte Cecil sich wider Erwarten melden, bitten Sie ihn doch, mich anzurufen.«

»Selbstverständlich. Ich begleite Sie hinaus.«

Als wir vor die Tür traten, dröhnte eine Turboprop hoch über uns in den Wolken. Dem Motorengeräusch nach mochte es eine De Haviland der RAF sein.

Als ich vom Grundstück fuhr, starrte Samantha noch immer in den verhangenen Himmel.

Mein Magen knurrte. An der Bonner Straße Ecke Bonner Wall hatte Anfang des Jahres eine Gastwirtschaft neu eröffnet, der Trips'e Bock. Irgendwer hatte mir erzählt, Bier und Frikadellen seien annehmbar. Ich parkte, stieg aus, schloß ab und entdeckte dabei keine fünfzig Meter entfernt den grünen Borgward. Er stand mit laufendem Motor unter der Eisenbahnbrücke.

Offensichtlich war ich der erste Gast, denn einige Stühle standen noch kopf auf den Tischen. In einer Ecke hantierte eine Frau in einem karierten Kittel mit Putzeimer und Scheuertuch. Aus einem unsichtbaren Radio erscholl Freddy Quinns *Heimweh*. Der Wirt hinter der Theke spülte Gläser.

»Was darf es sein?«

Ich zeigte auf die Werbetafel an der Wand. »Ich probier mal ein Caspary. Dazu einen doppelten Steinhäger, zwei Frikadellen mit Senf und ein Haulemännchen.«

»Die Frikadellen sind aber von gestern.«

»Dann passen wir ja zusammen.«

Ich biß das Haulemännchen an, und der Wirt gab mir Feuer. Meinem schlechten Gewissen erklärte ich, daß ich lediglich das Zigarettenrauchen eingestellt hatte. Von Zigarren war nie die Rede gewesen. Als ich aus Versehen einen Lungenzug machte, platzte mir fast der Schädel.

Ich bestellte noch ein Bier und einen weiteren Steinhäger. Zwei Schnäpse, zwei Bier, zwei Frikadellen und eine Zigarre zu fünfundzwanzig Pfennig – wenn das kein zweites Frühstück war.

Als ich alles verputzt hatte, zahlte ich und durfte mit Hilfe von drei Mark Trinkgeld den Hinterausgang benutzen.

Der Mann war einen Kopf kürzer als ich, nicht nur, weil er sich gebückt hatte, um besser in den Porsche hineinsehen zu können. Außerdem hatte er mindestens zwanzig Kilo weniger auf den Rippen. Er trug einen beigefarbenen Popelinemantel mit Gürtel. Auf seinem Kopf saß ein brauner Filzhut, der auch schon bessere Zeiten gesehen hatte.

Er bemerkte mich nicht. Ich nahm den Schlüsselring heraus, an dem unter anderem ein Uhrmacherschraubenzieher hing. Den drückte ich dem Bewunderer meines Armaturenbretts oberhalb des Gürtels in die Rippen. Er erstarrte.

»Die Klinge ist fünfzehn Zentimeter lang«, sagte ich drohend. »Die geht hinten rein und kommt vorne wieder raus.«

»Gütiger Himmel!« stammelte er. »Was wollen Sie? Ich habe kein Geld.«

»Wo steht Ihr Wagen?«

»Was für ein Wagen?«

Ich stieß zu, daß er stöhnte. »Die grüne Isabella.«

Er ruckte mit dem Kopf. »Da.«

Jetzt sah ich sie auch. »Wir gehen zur Fahrertür. Schön gemütlich. Die Arme können Sie unten lassen.«

Wir bewegten uns so unauffällig, wie es die Umstände erlaubten. Zwei ältere Damen schöpften Verdacht und steckten die Köpfe unter ihren Schirmen zusammen. Ich schenkte ihnen eine Kostprobe des Lächelns, das ich eigentlich für Finanzbeamte und Kreuzottern reserviert habe.

»Schließen Sie auf und rutschen Sie durch«, sagte ich.

Er gehorchte. Ich stieg hinterher und steckte den Schlüsselbund wieder weg. Auf engem Raum bin ich unschlagbar.

Der Mann war blaß, hatte eine Nase, die als Dosenöffner taugen mochte, Pockennarben und schlechte Zähne. Seine Augen flackerten und er roch schwach nach Angst. Sein Alter war, wie bei allen geborenen Versagern, schwer zu schätzen.

»Wer sind Sie?« fragte ich.

»Meinen Sie meinen Namen?«

»Sie haben es erfaßt.«

»Schmitz.«

»Ach nee?« Ich packte ihn an den Aufschlägen. »Die Brieftasche.«

Er verstand, löste den obersten Knopf und langte in die Innentasche des Mantels. Bevor er sie ganz herausziehen konnte, packte ich sein Handgelenk.

»Ganz behutsam, Freundchen.«

Aber er hatte wirklich nur die Brieftasche in den Fingern. Ich klappte sie auf. Wenn das Einwohnermeldeamt nicht mit ihm unter einer Decke steckte, hieß der Mann tatsächlich Schmitz. Heinz-Josef Schmitz. Einen Führerschein mit einem Uraltfoto gab es auch. In einem Einschub steckten ein Geradeaus- und zwei Umsteigefahrscheine für die KVB.

»Die werden demnächst ungültig«, sagte ich.

Das wußte er.

In einem anderen Einschub fand ich ein gefaltetes, vergilbtes Stück Karton. Eine Art Ausweis, der allerdings nach Eigenfabrikation aussah.

»Was soll das sein? Sind Sie ein Schnüffler?«

»Ich bin Privatdetektiv«, sagte er mit seltsam anmutender Würde.

»Das ist ja interessant. In wessen Auftrag observieren Sie mich?«

Zum wiederholten Mal huschte seine Zungenspitze über die Lippen. »Das ist vertraulich. Wenn ich das jedesmal ausplaudern würde, könnte ich meinen Beruf an den Nagel hängen.«

»Ihre Verschwiegenheit kann Sie die Vorderzähne kosten.«

»Das muß ich in Kauf nehmen«, sagte er.

Er nötigte mir Respekt ab. Es gab nicht mehr viele, die ihren Job ernst nahmen.

»Seit wann?« fragte ich.

»Wie?«

»Seit wann kleben Sie an meinen Hacken?«

Ich sah, wie es unter dem verbeulten Filzhut arbeitete. Er versuchte auszurechnen, wann ich ihn entdeckt hatte.

»Seit gestern«, sagte er schließlich.

»Wie lautet der Auftrag?«

»Ich weiß nicht ...«

»Sie werden sich doch erinnern, oder?«

»Nun ja«, sagte er gequält. »Ich soll sie beschatten.«

»Ist das alles?«

»Ja.«

»Warum?«

»Das hat man mir nicht gesagt.«

»Rund um die Uhr?«

Er nickte.

»Allein?«

»Ich arbeite immer allein.«

»Schlafen Sie nie?«

»Wenig, wenn ich arbeite.«

»Wie oft erstatten Sie Ihrem Auftraggeber Bericht?«

»Immer wenn ich denke, es könnte wichtig sein. Immer wenn sich etwas Besonderes ereignet. Wenn nichts passiert, einmal pro Tag.«

»Treffen Sie ihn? Oder telefonieren Sie nur?«

Er sah aus, als habe er Magenschmerzen. »Das geht zu weit. Das kann –»

»Vergessen Sie die Frage. Erzählen Sie mir, was ich gestern getan habe.«

»Was Sie getan haben?«

»Ja, ich. Sie werden sich doch Notizen gemacht haben.«

Er zeigte auf den Handschuhkasten.

»Nehmen Sie sie heraus und lesen Sie sie mir vor«, forderte ich ihn auf.

Offensichtlich hielt er mich für übergeschnappt, tat aber, was ich ihm gesagt hatte. Das Notizbuch war blau eingebunden und voller Eselsohren und fettiger Fingerabdrücke. Seine Aufzeichnungen hatte er in Kurzschrift abgefaßt.

»Ab wieviel Uhr?«

»Halb acht reicht.«

Einige Male hatte er Schwierigkeiten, seine eigenen Kürzel zu entziffern, aber er gab sich Mühe. Heraus kam, daß ich die Schwarze Katze in der Merlostraße um 20 Uhr 20 verlassen hatte. Mit meinem Porsche, amtliches Kennzeichen BR 62-2389, war ich anschließend über die Deutzer Brücke zur Ha-Mo-Bar, Constantinstraße Ecke Neuhöfferstraße gefahren. Die Bar hatte ich um 20 Uhr 29 betreten. Um 21 Uhr 44 war ich in Begleitung einer Frau und eines Mannes aus der Bar gekommen.

»Wie sah der Mann aus?«

»Ich konnte ihn nicht erkennen. Es war zu dunkel. Außerdem hat es geregnet, und ich war zu weit weg.«

»Wie groß war er?«

»In etwa meine Größe, würde ich sagen. Aber wie gesagt, es war –»

»Was trug er?«

»Hut und Mantel. Das übliche.«

»Wie alt schätzen Sie ihn?«

»Das kann ich unmöglich sagen. Ach ja, er hat gehinkt.«

»Stark?«

»Jedenfalls stärker, als wenn er nur den Fuß verstaucht hätte. Mehr aus der Hüfte heraus, als sei ein Bein kürzer.«

»Lesen Sie weiter.«

Das Pärchen hatte mich in die Mitte genommen und stützte mich, da ich offenbar schwer betrunken war. Die Frau und ich nahmen den Porsche, sie fuhr. Der Mann folgte in einem schwarzen Opel Olympia, Kennzeichen unbekannt, da das Nummernschild dreckverschmiert war. Über die Deutzer Brücke ging die Fahrt bis nach Nippes, in die Cranachstraße. Während die Frau mit dem Porsche weiterfuhr, schaffte der Mann mich in das Haus Nummer 24. Kurz darauf kam die Frau zu Fuß zurück und verschwand im gleichen Haus.

»Ist das alles?« fragte ich, als er eine halbe Minute lang nichts gesagt hatte.

Er räusperte sich. »Ich bin dann zur Neusser Straße gefahren und habe von einer Telefonzelle aus mit meinem Auftraggeber telefoniert.«

»Schön. Weiter.«

»Nichts weiter«, sagte er mit völlig veränderter Stimme.

Ich traute meinen Augen nicht. Detektiv Schmitz hielt eine Luger in seiner rechten Hand. Er hielt sie locker. Die 7,65er Parabellum war nicht mehr die jüngste, aber in erstklassig gepflegtem Zustand. Kein Zweifel, der Lauf zielte auf meinen Magen. Die Frage, ob sie im Handschuhkasten oder unter dem Sitz gesteckt hatte oder vom Himmel gefallen war, war müßig.

»Raus hier!« bellte der kleine Schnüffler.

Blitzschnell kalkulierte ich meine Chancen. Außer einem Nierensteckschuß war hier nichts zu holen. Also öffnete ich langsam und mit eindeutigen Bewegungen die Fahrertür und stieg aus.

Schmitz rutschte auf den Fahrersitz. »Marsch! Fünf Schritte zurück.«

Er war der Boß. Nach drei Schritten zog er die Tür zu, verriegelte, startete den Wagen und betätigte die Lenkradschaltung. Die Hinterräder drehten durch, und die Isabella schoß davon.

Ich stand in einer Pfütze.

Diesmal parkte ich in der Balthasarstraße. Bevor ich ausstieg, maskierte ich mich mit Schiebermütze und Sonnenbrille aus dem Handschuhkasten und schlug den Kragen der Lederjacke hoch. Im erstbesten Fenster kontrollierte ich meine Aufmachung. Zwischen den Hausfrauen des Agnesviertels bei ihrer morgendlichen Suche nach Nahrung fiel ich nicht stärker auf als Faruk I. ohne Hosen in einem Karmeliterinnenstift.

Bei Trudi investierte ich zwanzig Pfennig in einen Stadt-Anzeiger. Sie musterte mich eingehend, siezte mich aber. Na, also. Ich überflog die Titelseite. Papa Heuss wurde heute 73, und im Bundestag stand die Debatte über die Außenpolitik auf dem Plan. Fernseh- und Rundfunkübertragung ab 9 Uhr. Nach Außenminister von Brentano stand der schönste Mann der CDU, Kiesinger, der Silberfuchs, auf der Rednerliste. Die christlichen Parteiheinis wußten, was sie ihren Wählerinnen schuldig waren.

Tonis Droschke stand nach wie vor vor dem Haus. Als ich im dritten Stock ankam, lugte er durch einen Spalt zwischen Tür und Rahmen.

»Du dummer Hund!« fuhr er mich an. »Wo warst du?«

»Im Puff«, sagte ich.

»Zieh die Schuhe aus. Erika hat Staub gesaugt.«

Auch er war auf Strümpfen, nur waren seine trocken. Wir gingen ins Wohnzimmer. Trotz der Tageszeit brannten die beiden Tütenlampen an der Wand. Ich warf die Zeitung auf den Tisch und ließ mich auf das Sofa fallen. Toni setzte sich in seinen Lieblingssessel, den, der frontal zum Fernsehapparat stand.

»Schleichst dich wie ein Dieb aus der Wohnung«, sagte er. »Warum hast du Erika nicht gesagt, daß du weggehst? Sie hat sich Sorgen gemacht.«

»Ich hatte Angst, sie schließt die Tür ab und verschluckt den Schlüssel.«

Sein Gesicht wurde noch mürrischer.

»Wenn du willst, kaufe ich ihr ein paar Blumen und entschuldige mich in aller Form«, schob ich nach.

Mit einer übellaunigen Geste wischte er meinen Vorschlag beiseite. »Erzähl mir lieber, wo du warst.«

»Wie wäre es mit einem Schluck zum Aufwärmen?«

Er verzog den Mund. »Was willst du?«

»Was hast du im Angebot?«

»Korn und Wacholderschnaps.«

»Wenn er kalt ist, den Gin.«

Er stemmte sich aus dem Sessel, verschwand in der Küche, kam mit einer Flasche Gordon's und zwei Wassergläsern zurück, setzte sich wieder und goß ein.

»Ich höre«, sagte er.

Ich schnupperte an dem Schnaps. »Was hat Charlie gesagt?«

Seufzend gab er nach. »Sie war gerade bei Meßmer Brot kaufen, als ich in die Schwarze Katze kam. So hatte ich das außerordentliche Vergnügen, mir zuerst einmal Hussels neueste Spinnereien anzuhören.«

Jupp Hussels, der mit Goebbels Propagandaschranze bei der Ufa nur den Namen gemeinsam hatte, litt an Verfolgungswahn und war eine Plage. Wir beschäftigten ihn aus Mitleid.

»War die Polente da?«

»Keine Spur.« Er nahm einen Schluck und schüttelte sich. »Was hat sie gesagt?« fragte ich.

»Charlotte?«

»Wer sonst?«

Er grinste. Wegen der Zahnlücke sah es dreist aus. »Sie war sauer. Stinksauer.«

»Nicht besorgt?«

»Du hattest ihr versprochen, heute morgen den Frühstücksservice zu machen, weil sie einen Termin beim Friseur hatte.«

Ich zuckte die Achseln. »Was soll es.«

Toni grinste weiter. Genüßlich.

Ich wurde unsicher. »Du hast ihr doch erklärt, warum ich nicht kommen konnte?«

Sein Grinsen wurde zur Qual. Er sah, wie ich litt, und kostete die Situation aus.

»Das schon«, sagte er schließlich. »Aber ihr Interesse an deinem Schicksal war – sagen wir mal – nicht sehr ausgeprägt.«

»Ich sitze im vermutlich dicksten Schlamassel meines Lebens, und sie interessiert das nicht? Weshalb? Weil ich einmal in vier Jahren einen Termin nicht gehalten habe?«

»Spar dir deine Empörung«, sagte er scharf. »Sie hat mir einige Dinge erzählt, die du dir im vergangenen Jahr geleistet hast.« Er hielt sich die Handkante vor den Adamsapfel. »Ich kann verstehen, daß du ihr bis hier stehst.«

Ich war perplex. »Laß hören.«

Er lehnte sich zurück, plazierte die Unterarme auf den Lehnen und trommelte mit den Fingern. »Zum Beispiel, daß du dreitausend Mark vom Geschäftskonto abgehoben und das Geld samt und sonders auf der Rennbahn durchgebracht hast.«

»Ach das.« Ich bediente mich selbst. »Das ist doch längst erledigt. Im November hab ich das Geld wieder eingezahlt.«

Er lächelte süffisant. »Und woher hattest du die Mäuse?«

»Ich hatte einen Royal Flush, der andere nur ein Full House. Wie das Leben so spielt.«

Sein Lächeln löste sich auf, und er wurde laut. »Nachdem du Charlotte zwei Tage zuvor versprochen hattest, keine Karten mehr anzurühren!«

Brüllen konnte ich auch. »Wie hätte ich denn sonst an die Kohle kommen sollen? Sollte ich eine Bank überfallen, oder was?«

Er machte eine seiner Schulmeistergesten, die ich haßte. »Du hast nichts kapiert, rein gar nichts. Aber auch nicht so viel. Es geht um das Prinzip. Es geht darum, daß du etwas versprochen hattest und dein Versprechen keine achtundvierzig Stunden später wieder gebrochen hast.«

Ich war stolz auf ihn. Toni hatte sich das bewahrt, was ich am meisten an ihm schätzte – seinen Gerechtigkeitssinn.

Das konnte ich natürlich unmöglich zeigen, also sagte ich: »Was hältst du davon, wenn wir zum Thema zurückkommen?«

Er knurrte ungehalten und fuhr sich mit den Händen durch seinen Mecki. Den beeindruckte das nicht im mindesten. »Diesmal helfe ich dir noch. Aber wenn diese Geschichte ausgestanden ist, will ich dich wenigstens sechs Monate lang nicht sehen. Kapiert?«

Das tat weh. Ich schluckte.

»Laut Charlotte wolltest du gestern abend ins Kino«, fuhr er ungerührt fort. »Ins Hahnentor. Da läuft *Die Caine war ihr Schicksal* mit Humphrey Bogart. Kannst du dich an den Film erinnern?«

»Schon. Aber ich habe ihn bereits letzte Woche gesehen.«

»Wie bitte?«

Ich erzählte ihm, was ich im Laufe des Vormittags herausgefunden hatte. Jedenfalls das meiste. Er staunte nicht schlecht.

»Was ist mit diesem Schnüffler? Wer kann den auf dich angesetzt haben?« fragte er, während ich mir erneut nachschenkte.

»Keine Ahnung.«

Seine Augen wurden zu Schlitzen. »Denk nach. Mit wem hattest du in der letzten Zeit Zoff? Wer könnte etwas gegen dich haben?«

»Da kommen Hunderte in Frage.«

»Niemand engagiert einen Privatdetektiv, nur weil du ihn schräg angeguckt hast. Es muß eine größere Sache gewesen sein.«

Spontan fiel mir nur eine ein. »Erinnerst du dich noch an den weißen Oldsmobile, den ich im November gekauft hatte?«

»Den Amischlitten? Natürlich. Wo ist der eigentlich?«

»Die Schmiere hat ihn vor zwei Wochen kassiert, weil er gestohlen war. Der, von dem ich den Wagen gekauft habe, wollte mir aber das Geld nicht zurückgeben. Immerhin zehntausend Mark. Hat nur etwas von Geschäftsrisiko gefaselt. Da habe ich mir die Mäuse geholt.«

»Einbruch?«

»Von oben.«

»Wie Cary Grant in *Über den Dächern von Nizza*?«

»In etwa.«

»Ich wußte gar nicht, daß du Talent als Fassadenkletterer und Tresorknacker hast.«

»Halb so wild. Der Tresor war nur eine Stahlkasette. Und die stand unter dem Bett.«

»Wann war das?«

»Letzte Woche.«

»Das käme ja hin. Wieviel war drin?«

»Über zwanzigtausend.«

»Hast du alles mitgehen lassen?«

»Ich bin doch kein Dieb. Natürlich nur die zehntausend.«

»Anständig aber blöd. So weiß er, daß du den Bruch gemacht hast. Wer ist der Kerl?«

»Du kennst ihn nicht. Eine Pokerbekanntschaft aus dem Milieu.« Tonis Miene signalisierte, was er von meinem Umgang hielt.

»Er ist ein ganz passabler Kerl, solange es nicht um Geld geht. Mir fällt die Vorstellung schwer, daß er einen Schnüffler engagiert haben soll.«

»Wie heißt er?«

»Reulen. Harry Reulen.«

»Doch nicht der Neun-Finger-Harry?«

Jetzt war ich überrascht. »Doch. Genau der. Du kennst ihn?«

»Allerdings. Und dann gehst du in die Ha-Mo-Bar?«

»Wieso nicht?«

Toni beugte sich so weit vor, daß ich die Poren seiner Nase zählen konnte. »Weil die ihm seit Anfang des Jahres gehört, du Hornochse.«

ACHTES KAPITEL

Es war kurz nach 22 Uhr. Charlie saß in Tonis Sessel, die langen Beine übereinandergeschlagen. Sie sah erschöpft aus. Bleiche Haut und dunkle Ringe um die Augen. Die Lachfältchen an den Mundwinkeln waren abgestürzt. Sie trug das dunkelblaue Wollkleid mit den weißen Besätzen und schwarze Pumps. Ihren Mantel hatte sie im Flur gelassen. Das silberne Kettchen mit dem Lapislazuli war ein Geschenk von mir.

»In der Tasche sind Seife, ein Handtuch, deine Zahnbürste, Wäsche und ein Schlafanzug«, sagte sie müde. »Wasch dich und zieh dir die frischen Sachen an, bevor du dich hinlegst.«

»Ay, ay, Käpt'n«, sagte ich vom Sofa aus. »Willst du wirklich kein Bier?«

»Es reicht doch wohl, wenn du Toni um seine Vorräte bringst.« Sie blickte zur Tür. »Wo ist Erika?«

»Sie ist direkt nach dem Abendessen ins Bett gegangen. Ihr war nicht gut.«

»Die Ärmste. Hochschwanger und muß einen steckbrieflich gesuchten Verbrecher beherbergen. Da würde mir auch schlecht.«

»Nun mach mal halblang, Charlie. Ich habe die Frau nicht umgebracht.«

»Das weiß ich. Aber du bist dämlich genug, in solch eine Geschichte hineinzugeraten.« Ihre Augen wurden noch schmaler. »Was hattest du eigentlich in dieser Bar zu suchen?«

»Ich war mit Cecil verabredet.«

»Einfach so?«

»Er will mir etwas besorgen.«

»Ein Faß Whisky zum Vorzugspreis?«

Ich grinste. »Laß dich überraschen.«

Sie verdrehte die Augen. »Lieber nicht.«

»War Matern im Hotel?« fragte ich.

»Heute nachmittag. Ich habe ihm gesagt, daß ich dich seit gestern abend nicht mehr gesehen habe, was ja auch stimmt. Dann wollte er dein Zimmer sehen.«

»Hatte er einen Durchsuchungsbefehl?«

»Durchsuchungsbefehl! Du wirst wegen Mord gesucht, Leo.«

»Schon gut. Was hat er gesagt?«

»Er suchte ein Kleidungsstück mit Hirschhornknöpfen. Kannst du dir das erklären?«

»Ich weiß nicht einmal, wie Hirschhornknöpfe aussehen.«

»Mein Gott! Wie die Knöpfe an deiner grauen Strickjacke.«

»Die Kratzige? Die du mir aus Berchtesgaden mitgebracht hast?«

»Du hast nie gesagt, daß die Jacke kratzt.«

»Tut sie aber. Was war nun mit den Knöpfen?«

»Es waren wohl die Falschen. Jedenfalls hat er die Jacke nicht mitgenommen.«

»Was hat er sonst gefragt?«

Sie unterdrückte ein Gähnen, indem sie sich in den Handrükken biß. »Er wollte wissen, ob der Gürtel, den er dabei hatte, deiner sei. Ich habe ihm gesagt, ich hätte keine Ahnung. Du würdest dich selbst um deine Garderobe kümmern.«

»Hat er dir geglaubt?«

Zum ersten Mal bemühte sie sich um ein Lächeln. »Er hat.«

Ich grinste, und wir sahen uns einen Augenblick lang liebevoll an. Jedenfalls kam es mir so vor. Dann schlug die ZentRa halb elf, und der Zauber zerplatzte.

»Wann will Toni zurück sein?« fragte Charlie.

»Er ist um neun in die Ha-Mo gefahren. Er kommt zurück, sobald er etwas in Erfahrung gebracht hat. Das kann dauern.«

»Glaubst du, er hat eine Chance?«

»Wenn er sich nicht zu dumm anstellt.«

Meine Bierflasche war leer. In der Küche besorgte ich Nachschub. Als ich zurückkam, spielte Charlie gedankenverloren mit ihrem Halskettchen und starrte auf den blinden Bildschirm des Graetz Kornett.

»Was hast du?« fragte ich.

Sie seufzte. »Ich frage mich, wie es weitergehen soll, falls die Sache schlecht ausgeht.« Und dann murmelte sie noch etwas, was ich aber nicht verstand.

»Sie geht nicht schlecht aus«, sagte ich munter.

»Red nicht so leichtfertig daher, Leo. Dafür ist das Thema zu ernst.« Sie wechselte die Haltung und sah mir direkt in die Augen.

Ich trank zu hastig, verschluckte mich und mußte husten. »Welches Thema?«

Sie schwieg. Lange. Als sie endlich sprach, war ihre Stimme leise. »Es geht um das Hotel, Leo. Es bedeutet mir viel. Sehr viel. Mehr, als du wahrscheinlich ahnst. Nicht nur, daß es mich, meine Tochter, meine Mutter und einige andere Menschen ernährt, es ist mir auch ein Zuhause. Es gibt mir Geborgenheit und macht mich gleichzeitig unabhängig. Seit ich dort arbeite, hat mein Leben eine Perspektive. Ich brauche mir keine Sorgen mehr zu machen, was nächste Woche, was nächsten Monat sein wird. Das habe ich dir zu verdanken.«

Ihre Geste gebot mir Schweigen. »Doch, doch. Schließlich war es dein Geld, mit dem wir die Schwarze Katze vor vier Jahren gekauft haben. Dafür bin ich dir dankbar.«

Sie holte tief Luft. »Das heißt aber auch, daß ich das, was ich gewonnen habe, nicht wieder verlieren will. Ich lasse mir das Hotel von niemandem kaputtmachen. Auch von dir nicht, Leo. Du bist ein Hasardeur, ein Spieler, der heute ein Vermögen macht und der es morgen wieder verjubelt. Dir ist das egal, vielleicht macht es dir sogar Vergnügen. Nur – ich kann so nicht leben. Deshalb ...« Sie schluckte und ein Schleier legte sich über ihre Pupillen. »Deshalb muß ich eine Entscheidung treffen. Auch wenn mir das unheimlich schwer fällt.«

Mir wurde ganz anders. Ein dicker Kloß nistete plötzlich in meiner Kehle. »Wie meinst du das?«

Ihr ging es nicht besser. »Wir ... wir müssen uns trennen, Leo. Ich habe Geld zurückgelegt. Für Notfälle. Inzwischen ist daraus ein ganz netter Betrag geworden. Nicht genug, aber ...« Sie zögerte. »Verkauf mir deinen Anteil an der Schwarzen Katze. Was fehlt, stottere ich so schnell wie möglich ab.«

Ich war kurz davor, die Flasche zu zerquetschen. »Das Hotel ist mir egal. Was ist mit uns?«

Es dauerte Ewigkeiten, bis sie antwortete. »Es hat doch keinen Zweck, Leo. Mach es mir bitte nicht noch schwerer.« Eine verkrampfte Geste. »In der Wohnung kannst du natürlich bleiben, bis du was neues gefunden hast. Du hast ja dein eigenes Zimmer. Ich mach auch weiter deine Wäsche. Auch später noch, wenn du woanders ...«

Mir wurde schwindelig. Bilder rasten durch meinen Kopf. Charlie und ich am Deutschen Eck, auf Burg Eltz, auf der Deutzer Kirmes. Die Reise nach Norderney, im letzten Sommer. Zusammen mit Christina, Charlies fünfjähriger Tochter. Charlie und ich beim Abendessen, bei der Monatsabrechnung, im Bett –

Wir kannten uns, seit sie als Kind von meiner Tante adoptiert worden war. Sie war mir so vertraut wie meine linke Hand. Zudem war sie die schönste Frau, der ich je begegnet war. Die einzige Schwarzhaarige mit blauen Augen, die ich kannte. Sie hatte mich aufgefangen, als ich nach meiner Scheidung abzustürzen drohte.

Das Bier schmeckte auf einmal schal. Ich stellte es zur Seite. Als ich Charlie anblickte, schlug sie die Augen nieder. Keine Frau hatte längere Wimpern.

Alles war gesagt, jedes weitere Wort war im Augenblick sinnlos. Charlie erhob sich und ging in den Flur. Ich half ihr in den Mantel. An der Wohnungstür umarmten wir uns kurz, heftig und linkisch. Ihr Abschiedskuß brannte wie Säure auf meiner Wange. Sie duftete wunderbar. Chypre von Coty. Dann klapperten ihre Absätze auf der Treppe.

Mit jeder Stufe, die sie nahm, starb ich ein bißchen mehr.

NEUNTES KAPITEL

Freitag, 01. Februar 1957

Leise klopfte der Regen gegen die Scheiben. Im Radio spielten sie Mahlers Dritte. Ich lag im Dunkeln, war nicht lebendig, war nicht tot, war nicht wach, schlief nicht. Ich lag einfach nur da. So verging die Zeit.

Weit nach Mitternacht hörte ich, wie sich jemand an der Wohnungstür zu schaffen machte. Es dauerte fünf Minuten, dann hatte er es geschafft. Schwankend und schnaufend kam Toni ins Wohnzimmer, knipste die Stehlampe an und ließ sich in seinen Sessel fallen. Er hatte gut getankt, war aber nicht völlig hinüber. Ich half ihm aus den Schuhen und legte seine Beine auf den Mosaiktisch. Er roch wie eine Schnapsfabrik.

»Groggy?« fragte ich.

»Puh!« Er prüfte den Sitz seines Unterkiefers, als ob er einen Uppercut kassiert hätte. »Meine Kinnlade klemmt. Hattest du das auch schon mal?«

Ich war überrascht, daß er nicht lallte. »Hast du dich geprügelt?«

»Quatsch!«

»Was gab's zu trinken?«

Zum Zählen nahm er die Finger zur Hilfe. »Einen Chikago, zwei Gin-Fizz, vier Bourbon on the rocks, eine Prärie-Auster und zwei ... wie heißen die noch? Irgendwas mit Flip.«

»Virginia-Flip?«

Er schüttelte den Kopf, daß die Ohren schlackerten. »Nee.« Dann schnipste er mit den Fingern. »Portwein-Flip.«

»Eine gute Mischung. Alle Achtung. Hast du eine Quittung?«

»Quittung?«

»Einen Beleg.«

»Nee.«

»Sehr gut. Ich hatte dir ausdrücklich gesagt, ich brauche eine Quittung. Sonst kann ich nichts absetzen.«

»Sorry, alter Freund.« Er rülpste. »Kannst du mir 'nen Kaffee machen?«

»Ich mache den Kaffee«, sagte Erika.

Unsere Köpfe flogen herum. Erika stand im Türrahmen, hatte rote Flecken im Gesicht und bedachte uns mit einem Blick, als wären wir gerade dabei, ihre Mutter meistbietend zu verscherbeln.

»Rickchen!« sagte Toni und streckte eine Hand nach ihr aus.

Sie ignorierte die Geste, drehte sich um und warf die Tür zu.

»Ob sie sauer ist?« fragte Toni.

»Wie ein Faß Rollmöpse«, sagte ich.

»Möpse«, gackerte er. »Das ist gut.«

Dann reckte er den Zeigefinger hoch und zwinkerte, als habe er eine Überraschung. Mit einem zerdrückten Päckchen Arabis tauchte seine Hand aus der Manteltasche auf. »Zwei sind noch drin.«

Meine Willenskraft zerplatzte wie eine Melone, die man mit einem MG beharkt. Toni zerbrach drei Streichhölzer, mit dem vierten klappte es. Wir inhalierten und grinsten wie zwei Morphinisten nach der Frühstücksinjektion. Die erste Zigarette seit viereinhalb Wochen. Als Aschenbecher mußte eine leere Flasche DAB herhalten.

»Erfolg gehabt?« fragte ich.

»Ha! Und wie«, sagte er großspurig. »Hab alles rausgekriegt, was rauszukriegen war. Hat mich aber einige Extramäuse gekostet. Mußte mit Schampus um mich werfen.«

Ich stöhnte. »Wieviel?«

»Hundertfuffzig.«

»Allein für den Schampus?«

»Yes, Sir.«

Ich rechnete hoch. Zusammen mit dem, was er selbst getrunken hatte, kam ich auf schlappe zweihundertfünfzig. Und alles ohne Beleg.

Erika brachte den Kaffee. Sie schnupperte übertrieben auffällig, sagte aber nichts. Statt dessen knallte sie das Tablett auf den Tisch, daß die Tassen hüpften, ging zum Fenster und riß beide Flügel auf. Ein Schwall kalter Luft und etwas Regen kamen herein.

Dann rauschte sie wortlos aus dem Zimmer und warf die Tür hinter sich zu.

»Rollmopssauer, die Alte«, sagte Toni. »Legt sich wieder.«

Ich wettete, daß sie sauer auf mich war, weil ich ihren Liebling saufen geschickt hatte. Laut sagte ich: »Laß hören.«

Toni setzte sich in Positur. »Ich habe mit 'ner Barmieze namens Trixi gesprochen. Keine zwanzig. Blondiert. Trixi Dollbein mit vollem Namen.« Er grinste dreckig. »Nomen est omen, sage ich dir.«

»Bleib beim Thema.«

»Tu ich doch. Hat mir meine Rolle voll abgekauft. Erfolgreicher Handelsvertreter mit 'nem Faible für Schwarzhaarige, dem 'n Kumpel die Ha-Mo wegen der Möbbich empfohlen hat. Sie wurde übrigens Lollo genannt.« Er gönnte sich einen Schluck. »Äh ... wo war ich?«

»Die Möbbich wurde Lollo genannt.«

Er fand den Faden trotzdem nicht.

»Du hast mit einer Trixi gesprochen.«

»Genau. Hab den dicken Maxen gespielt. Mercedes, Villa, Segelboot et cetera. Hat ihr mächtig imponiert. Als ich auf die Möbbich zu sprechen kam, hat sie geheult. Wußte es schon.«

»Wann waren die Bullen da?«

»Um acht. Sie hatten gerade geöffnet. Matern höchstpersönlich und noch einer. Haben die Mädchen, den Kellner und den Barmixer befragt. Haben aber alle brav die Klappe gehalten.«

»Bist du sicher?«

Er musterte mich, als sei ich zu dumm zum Pinkeln. »Was denkst du, wie lange der Laden laufen würde, wenn sie den Bullen 'ne Gästeliste anfertigen würden, hä? Das Gewerbe lebt von Diskretion, mein Lieber. Diskretion.« Das Wort schien ihm zu gefallen.

»Schon gut. Weiter im Text.«

Er bearbeitete seinen Nasenrücken. »Trixi war mit der Lollo befreundet. Bei mir konnte sie sich mal so richtig das Herz ausschütten.«

»Welt verkehrt. Was hat sie erzählt?«

»Halt dich fest: Die Möbbich war bis vor kurzem Reulens Favoritin.«

Ich pfiff anerkennend. »Haben sie sich im Krach getrennt?«

»Hörte sich nicht so an.« Toni verschränkte die Hände vor dem Bauch. »Gestern war wenig Betrieb, und die meisten Mädels haben nur rumgehangen. Jedenfalls konnte Trixi sich gut an dich erinnern. Du seist zusammen mit so 'nem Lackaffen gekommen.«

»Cecil.«

Er nickte. »Lollo hat sich zuerst mit deinem Engländer beschäftigt. Geplaudert, geflirtet, getanzt, was man halt so macht. Urplötzlich sei dir dann schlecht geworden. Da hat die Möbbich dich zusammen mit 'nem Stammgast nach draußen verfrachtet, damit du nicht die Bude vollkotzt.«

Langsam wurde es spannend. Fetzenweise kam die Erinnerung. Wenn ich nicht irrte, hatte ich vor Langeweile Cecils Whisky gekippt, während er die Möbbich über die Tanzfläche geschoben hatte.

»Vergiß nicht zu atmen«, sagte Toni.

»Wer war der Stammgast?« fragte ich.

Toni grinste wie ein Mann, der beim Brikettstapeln einen Goldklumpen gefunden hat. »Er ist der neue Macker der Möbbich.«

»Hat er einen Namen?«

»Ferdi.«

»Und weiter?«

»Wird wohl auch hinten irgendwie heißen. Wußte Trixi aber nicht. Aber er hat was mit Autos zu tun, das ist ihr eingefallen.«

»Vertreter für Matchbox-Autos?«

»Blödmann. Irgendwas mit richtigen Autos.«

»Eine Werkstatt?«

»Eher ein Schieber.«

»Und was ist aus Cecil geworden?«

»'ne gewisse Lucie hat ihn übernommen.« Wieder dieser verklärte Blick. »Die sieht übrigens aus wie Arlene Dahl.«

»Wer ist das? Die Schwester von Armin Dahl?«

»Hast du nicht *Keiner ging an ihr vorüber* gesehen? Läuft im Theater am Rudolfplatz.«

Ich überließ ihn seinen lustvollen Erinnerungen und grübelte eine Weile. Das Ganze ergab keinen Sinn. Ich verstand die Zusammenhänge nicht. Wenn da überhaupt welche waren.

Toni hatte die Augen geschlossen und schnarchte leise. Unter dem Tisch hindurch verpaßte ich ihm einen Tritt. »Jetzt wird nicht gepennt. War Reulen in der Bar?«

Er schrak hoch. »Was?«

»Ob Neun-Finger-Harry da war?«

Er sank wieder zurück und schloß erneut die Augen. »Hab ihn nicht gesehen.«

»Und gestern?«

»Keine Ahnung. Hab nicht danach gefragt.«

Ich dachte noch einmal nach, kam aber wieder nicht vom Fleck. Es half alles nichts. Ich mußte mir Reulen vorknöpfen.

Toni schlief inzwischen fest. Ich zog Schuhe und Jacke an und nahm die Schlüssel des Taxis aus seinem Mantel. Dann löschte ich das Licht, verließ die Wohnung und schlich die Treppe hinunter. Als ich zur Haustür hinausschlüpfte, stieß ich mit einem Mann zusammen, der vor der Tür stand. Er war ein Stück größer als ich und hatte ein Kreuz wie ein Möbelpacker.

»Sieh an, sieh an«, sagte der Mann. »Wen haben wir denn da?«

Ich kannte die Stimme. Der Mann war Matern.

Die Höhle des Löwen lag am Waidmarkt, hatte dreizehn Stockwerke und den Platz des klotzigen Handelshof eingenommen, dem die alliierten Bomber den Garaus gemacht hatten. Ein Fahrstuhl brachte uns in die zehnte Etage. Tagsüber hatte man von hier eine prächtige Aussicht, aber die war vergeudet. Matern war kein Mann, der Aussichten zu würdigen wußte.

Das Büro war etwas länger als breit, mit grau-grünem Linoleum ausgelegt und hatte eierschalfarbene, bis Brusthöhe mit Lincrusta tapezierte Wände. Die Beleuchtung war grell, die Einrichtung zweckdienlich und humorlos. Hinter den beiden Fenstern schlief das Severinsviertel.

Matern saß regungslos an dem größeren von zwei Schreibtischen. Die Hände hatte er auf der gummierten Schreibunterlage verschränkt. Die sandfarbenen Haare waren kürzer als vorgeschrieben und auf der linken Seite wassergescheitelt. Daß er die fünfzig überschritten hatte, sah man ihm nicht an. Sein Blick brannte mir Löcher in den Kopf.

Den zweiten Schreibtisch benutzte der Kriminalassistent, der den Wagen gefahren hatte. Er hieß Schmallenberg, war Sauerländer und sah aus wie Clemens Wilmenrod, der Fernsehkoch. Ich schätzte ihn auf Mitte vierzig. Er versorgte mich mit abgestandenem Malzkaffee und Zigaretten und sagte sogar »bitte«. Offenbar wollten sie mich bei Laune halten. Aus dem selben Grund lag ich wohl auch nicht in Ketten.

Da Matern sich weiterhin ausschwieg, trank ich einen Schluck, steckte mir eine Overstolz an und sah dem Rauch nach, der in Richtung Zimmerdecke flüchtete. So verbrachten wir die Zeit. Als ich schon nicht mehr damit rechnete, machte Matern doch noch den Anfang.

»Wovon leben Sie eigentlich, Saalbach, wo doch die Zeit des Kaffeeschmuggels vorbei ist?« sagte er in der für ihn typischen, schleppenden Art. »Vermieten Sie Ihre Hotelzimmer auch stundenweise?«

Da er es liebte, wenn seine Opfer anfangs die große Klappe riskierten, tat ich ihm den Gefallen. »Wirklich große Männer zeichnen sich dadurch aus, daß sie Niederlagen wegstecken können.« Die Zigarette landete in dem Behördenaschenbecher, wo sie verqualmte. »Sie und Ihre Mitstreiter von der Zollfahndung haben mich damals an die zwanzig Mal durch die Verhörmühle gedreht, Sie haben die halbe Nordeifel verhaften lassen, Sie haben Spitzel auf mich angesetzt und Sie haben meinen ehemaligen Schwiegervater gegen mich aufgehetzt. Trotzdem konnten Sie mir nichts nachweisen. Vergessen Sie endlich diese alten Kamellen.«

Er verzog keine Miene und blätterte in der Akte, die vor ihm lag.

»Tatsache ist, daß Sie vom Herbst 1949 bis zum August 1953 schätzungsweise zweitausend Zentner belgischen Mokka der Marke Chat noir von Eupen über das Monschauer Land ins Rheinland geschmuggelt haben. Ihr Hauptlieferant war das Cafe Weber in der Eupener Unterstadt. Zum Teil bedienten Sie sich Trägern, die von Mützenich aus operierten, zum Teil war der Kaffee auf Lastkraftwagen versteckt, zum Teil auf Güterwaggons der Bahnlinie Eupen-Lammersdorf-Monschau. Zu Ihren Kunden zählten die namhaftesten Cafes und Hotels Kölns und Bonns. An privat haben Sie nie verkauft, denn mit Kleinkram geben Sie sich ja nicht ab, Saalbach. Den deutschen Staat haben Sie dadurch um mehr als zwei Millionen Mark an Kaffeesteuer betrogen. Nach Abzug der Kosten dürfte Ihr Gewinn bei einer halben Million gelegen haben.«

Er tat mir unrecht. Es war mehr gewesen.

Eine scharfe Geste ließ mich gar nicht erst zu Wort kommen. »All das ist seinerzeit lückenlos recherchiert worden. Tatsache ist aber auch, daß wir Ihnen trotz allen Aufwandes nichts beweisen konnten. Es gab keine Zeugen, Sie sind immer im Hintergrund geblieben. Kein Richter hätte Sie allein aufgrund der Indizien verurteilt.« Etwas, das er für ein Lächeln halten mochte, zerrte an seiner unteren Gesichtshälfte. »Ich jedoch, ich bin kein Richter.«

In diesem an und für sich harmlosen Satz lag mehr Drohung, als wenn er mit einer Jagdflinte auf mich gezielt hätte. Da ich nichts zu sagen hatte, hielt ich den Mund. Matern begnügte sich damit, mich weiterhin anzustarren.

Dann sagte er: »Aber Sie haben recht, vergessen wir das. Schließlich sind Sie hier bei der Mordkommission zu Gast und nicht beim Betrugsdezernat.«

»Das habe ich auch gemerkt, sonst hätten Sie mich ja wohl in die Merlo 10 schleppen lassen. Aber man hat Sie doch hoffentlich nicht wegen Ihrer Mißerfolge versetzt?«

»Ihre dummen Scherze werden Ihnen noch vergehen!« Langsam kam er in Fahrt. »Diesmal sind Sie dran. Auf Mord steht lebenslänglich.«

»Was für ein Mord?«

»Gestehen Sie, und Sie haben die Sache hinter sich. Betrachten Sie mich einfach als Ihren Beichtvater.«

»Geht nicht. Mutter Kirche hat mich nicht zu den Sakramenten zugelassen. Welcher Mord?«

»Wollen Sie mir wirklich weismachen, Sie wüßten nicht, warum Sie hier sind?«

Kein Neugeborener konnte unschuldiger aussehen. Immerhin hatten sie mir bisher keinen Haftbefehl präsentiert.

»In der Zeitung ist mir nichts aufgefallen«, sagte ich.

Materns Kopf ruckte einen halben Millimeter zur Seite. »Schmallenberg!«

Schmallenberg hatte seinen Auftritt. Im Tonfall von Ernährungsminister Heinrich Lübke erzählte er mir, die Bardame Liesélotte Möbbich sei am Vortag in der Zeit zwischen ein und drei Uhr morgens in ihrer Wohnung, Cranachstraße 24, Köln-Nippes, ermordet worden.

»Kannten Sie die Frau?« fragte Matern anschließend.

»Ich höre den Namen zum ersten Mal.«

»Verkehren Sie in der Ha-Mo-Bar in Deutz?«

»Ein- oder zweimal war ich da. Warum?«

»Wie haben Sie den gestrigen Abend verbracht?«

Auf Samantha Riley war Verlaß. Blieb offen, ob wirklich alle Mädchen in der Ha-Mo den Mund gehalten hatten. Wenn ja, konnte ich ihm erzählen, ich sei auf dem Watzmann herumgekraxelt.

»Wir haben spät gegessen«, sagte ich. »Danach bin ich zu einer Verabredung gefahren.«

»Verraten Sie uns auch mit wem und wohin?«

Ich nannte ihm Namen und Anschrift. Schmallenbergs Feder kratzte über das Papier.

»Dort waren Sie wie lange?«

»Über Nacht.« Ich lächelte. »Ich hatte eine Kleinigkeit getrunken.«

»Wir werden das überprüfen.« Dann verschwand seine rechte Hand in der Schublade und tauchte mit meinem Gürtel wieder auf. »Kennen Sie den?«

Ich streckte meine Hand aus, aber er hielt ihn außerhalb meiner Reichweite.

»Sieht aus wie einer, den ich einmal besessen habe. Wo haben Sie den her?«

»Mit diesem Gürtel wurde die Frau erdrosselt. Natürlich haben Sie das gute Stück schon vor längerer Zeit verloren.«

»Meiner wurde mir gestohlen.«

»Na, so was! Wo?«

»Im Deutz-Kalker Bad. Aus der Umkleidekabine.«

»Wann?«

»Letzte Woche.«

»An welchem Tag?«

»Mittwoch. Am Nachmittag.«

»Haben Sie Ihre Eintrittskarte noch?«

»Ich habe eine Dauerkarte.«

»Haben Sie den Diebstahl dem Betreiber des Bades angezeigt?«

»Meine Hose hält auch ohne.«

»Wie erklären Sie sich dann, daß sich ausschließlich Ihre Fingerabdrücke auf dem Gürtel befinden?«

»Seit wann nimmt Wildleder Fingerabdrücke an?«

»Schlaumeier. Auf der Schnalle.«

»Der Dieb wird Handschuhe getragen haben.«

»Jemand, der einen Gürtel stiehlt, der keine zehn Mark wert ist, trägt erfahrungsgemäß keine Handschuhe.«

»Es sei denn, es ging ihm weniger um den Gürtel, als darum, was sich damit anstellen läßt.«

Matern katapultierte seine buschigen Brauen in die Höhe. »Die große Verschwörung, wie? Sie denken also, man habe Ihnen den Gürtel mit dem Vorsatz entwendet, damit einen Mord zu begehen? Und somit den Verdacht auf Sie zu lenken?«

»Genau das denke ich.« Jetzt stand ein riskanter Bluff an. »Es sei denn, die Spurensicherung hätte meine Abdrücke noch woanders gefunden.«

»Sie meinen … zum Beispiel an dem aufgebrochenen Kleiderschrank im Schlafzimmer?«

Die Falle war zu plump. Matern wurde alt.

»Wo?« fragte ich und machte ein verständnisloses Gesicht.

Er zeigte keine Regung, bohrte aber auch nicht weiter. Ich jubilierte innerlich. Außer dem Gürtel hatten sie nichts. Seine Rechte tauchte kurz ab. »Wie ist es damit? Kommt Ihnen der bekannt vor?«

Das, was er zwischen Daumen und Zeigefinger eingeklemmt hielt, war markstückgroß und hatte vier Löcher.

»Das ist ein Knopf«, sagte ich.

»Sehr gut erkannt. Ich habe gefragt, ob er Ihnen bekannt vorkommt?«

»Sollte er?«

»Den haben wir in der rechten Hand der Toten gefunden. Wir vermuten, daß die Ermordete sich gegen ihren Mörder zur Wehr setzte und ihm dabei diesen Knopf abriß. Er gehört zu einem Lodenmantel, wie wir inzwischen einwandfrei feststellen konnten. Einem Modell, wie es in Köln nur bei Eduard Kettner in der Krebsgasse verkauft wird.«

»Was ist mit Kettners Franz auf der Schildergasse und mit Sangermann?«

Zwei rote Flecken zeigten sich auf Materns Wangen. »Wie wäre es, wenn Sie endlich aufhören würden, mir Gegenfragen zu stellen?«

»Entschuldigung.«

»Also, was ist? Besitzen Sie einen Lodenmantel oder kennen Sie jemand, der einen besitzt?«

»Weder noch.«

»Sind Sie Kunde bei Kettner?«

»Sehe ich etwa so aus?«

Ob er mir glaubte, war schwer zu sagen. Dabei lag mir daran. Ich versuchte es mit Logik.

»Mal ernsthaft, Herr Kommissar. Glauben Sie wirklich, ich wäre noch in der Stadt, wenn ich diese Frau ermordet hätte? Noch dazu mit meinem eigenen Gürtel?«

»Wer weiß? Vielleicht spekulieren Sie ja darauf, daß niemand Ihnen eine solche Dummheit zutrauen würde. Das hatten wir alles schon.« Seine Nase juckte. »Haben Sie einen Verdacht, wer versuchen könnte, Sie zu belasten?«

»Es gibt haufenweise Leute, die mich nicht besonders schätzen.«

»Was ich niemandem verdenken kann.« Er ließ den Knopf über die Tischplatte rollen. Der Knopf rollte gegen das Telefon und fiel um. »Seltsam ist jedoch, daß Sie seit dem Mord untergetaucht waren. Sie waren gestern nicht in Ihrer Wohnung, Sie haben sich nicht in Ihrem Hotel blicken lassen. Wir mußten uns erst an Ihre alten Freunde erinnern, um Sie zu finden.«

»Ich konnte ja nicht ahnen, daß Sie mich sprechen wollten. Außerdem hatte ich einen Anfall von Schwermut. In solcher Gemütslage kann ich meine eigenen vier Wände nicht ertragen.«

»Wollen Sie mich vergackeiern?«

»Nichts liegt mir ferner.«

Er atmete einmal durch. »Sie quartieren sich also jedesmal bei Ihrem Freund Kretzschmar ein, wenn Sie – schwermütig sind?«

»Manchmal gehe ich auch auf die Hohenzollernbrücke.«

»Wohin?«

»Die Hohenzollernbrücke werden Sie doch kennen, Herr Kommissar!«

Sein Verlangen, mir an die Kehle zu gehen, war unübersehbar.

»Und was tun Sie dort?« fragte er, wobei er jeden Buchstaben betonte.

»Ich starre in den Fluß.«

»Sie tun was?«

»Sie wissen doch, daß ich im Krieg bei der Marine war. Der Anblick von Wasser stimmt mich heiter.«

Er war kurz vor dem Siedepunkt.

»Haben Sie es auch schon mal mit einem Blick in eine volle Badewanne versucht?«

Eine Antwort schenkte ich mir. Die nächsten zwei Minuten vergingen mit Anstarren. Das heißt, Matern starrte mich an, ich rauchte und ertrug es.

Dann sagte er plötzlich: »Ich kriege Sie, Saalbach. Ich kriege Sie und mache Sie fertig. Ich bringe Sie in den Klingelpütz, darauf können Sie sich verlassen. Genießen Sie Ihre letzten Stunden als freier Mann.«

»Heißt das, ich darf –»

»Raus!«

Niemand hielt mir die Tür auf. Aber darauf legte ich auch keinen Wert.

ELFTES KAPITEL

Der Taxifahrer hieß Julius. Wir kannten uns flüchtig aus dem Stüsser.

»Wohin, Leo?«

»Reichensperger Platz. Aber fahr ein paar Umwege.«

Aus seinem Vorrat spendierte er mir einen Underberg. Der vertrieb den üblen Geschmack, den der behördliche Muckefuck hinterlassen hatte. Gegen das Scheinwerferpaar, das konstanten Abstand hielt, half er nicht.

»Kannst du den abhängen?« fragte ich.

Er warf einen Blick über die Schulter. »Was ist das? Ein Kapitän?«

»Denke, ja.«

»Keine Chance. Der geht hundertvierzig. Meine alte Möhre macht gerade mal hundert.« Dann zwinkerte er mir via Innenspiegel zu. »Aber es gibt da eine andere Möglichkeit.«

»Laß hören.«

»Siehst du die beiden Gummischlaufen auf der Hutablage?«

»Ja.«

»Mach sie mal los.«

Die Rücksitzlehne löste sich.

»Und nun?«

»Ziehst du die Lehne vor. In der Trennwand ist ein Loch.«

Tatsächlich. In der Blechwand zwischen Rücksitz und Kofferraum befand sich ein rechteckiges Loch. Die Kanten waren mit Gummi entschärft.

»Wozu hast du das denn gemacht?«

»Mein Bruder ist Schreiner. Ab und zu transportiere ich für ihn ein paar Bretter. Da ist das ganz praktisch. Kriech durch und zieh die Lehne wieder vor das Loch. Achte aber darauf, daß sie richtig sitzt. Wenn du fertig bist, schlage ich ein paar Haken, damit sie uns kurz aus den Augen verlieren. Dann fahre ich zum Rudolfplatz.«

Es folgten Verrenkungen wie seit meinen Kindertagen nicht mehr. Das Loch war groß genug, aber der Kofferraum war nicht der geräumigste. Zudem mußte ich den Platz mit einer sperrigen Werkzeugkiste teilen. Der Geruch von kaltem Metall und Abschmierfett kroch mir in die Nase. Dann verkantete die Lehne. Ich zerrte und zerrte, und schließlich gab sie nach.

Ich rief: »Fertig!«

Keine Sekunde später bog Julius rechts ab. Ich knallte mit dem Kopf gegen die Werkzeugkiste und fluchte. Dann ging es links herum, rechts, wieder links. Ein Stück geradeaus und wieder nach rechts. Binnen dreißig Sekunden verlor ich die Orientierung. Ohrenbetäubendes Reifenjaulen. Eindringende Auspuffgase. Verkrampfte Finger, weil ich die Lehne in ihrer Position halten mußte. Kurz bevor ich ohnmächtig wurde, rollte der Benz aus. Der Diesel tuckerte im Leerlauf. Der Sauerstoffanteil im Kofferraum lag unter einem Prozent.

Julius spielte am Radio herum. Hilde Seipp sang *Nachts ging das Telefon*. Herbst 1935. Damals war ich fünfzehn und in Lammerts Elli verliebt gewesen. Jetzt war ich siebenunddreißig und erstickte im Kofferraum eines Taxis.

Kaum war der Sender sauber eingestellt, bekamen wir Besuch. Sie waren zu zweit. Es wurde an die Scheibe geklopft. Eine Fensterkurbel quietschte.

»Sie müssen den ersten Wagen nehmen«, sagte Julius.

»Kripo.« Schmallenbergs Stimme. »Wo ist Ihr Fahrgast?«

»Welcher Fahrgast? Ich bin frei.«

»Ihr letzter Fahrgast, Mann! Den Sie am Waidmarkt aufgenommen haben.«

»Ach, den meinen Sie. Der ist ausgestiegen.«

»Ausgestiegen? Wo?«

»Am Hildeboldplatz. Er wollte in die Nr. 23.«

»Verdammt! Los, Köster!«

Klappernd entfernten sich zwei Paar Absätze auf dem Asphalt, Wagentüren schlugen, ein Motor wurde angelassen und Reifen kreischten.

»Lebst du noch?« fragte Julius. »Ich hatte ganz vergessen, daß der Auspuff ein Loch hat.«

Es war kurz nach vier Uhr nachts.

Da ich jetzt meinen Schatten los war, änderte ich meine Pläne. Julius ließ mich vor dem Burgtheater am Ebertplatz aus dem Wagen und borgte mir einen Schraubenzieher. Ich versprach ihm, daß er bei nächster Gelegenheit im Stüsser meinen Deckel rund trinken könne.

Aus Gewohnheit warf ich einen Blick auf die Kreuzung Neusser Straße, wo tagsüber Fußwinkels Peter auf seinem Bock den Verkehr regelte. Er lag natürlich schon lange in den Federn, wie alle anständigen Menschen. Also hatte ich freie Bahn.

Das leere Grundstück links neben dem Kino brachte mich an die Mauer, die den Hinterhof der Nummer 19 seitlich eingrenzte. Gute drei Meter, aber ich hatte sie vor einer Woche schon einmal bezwungen. Den Schraubenzieher quer zwischen den Zähnen nahm ich Anlauf und sprang sie an. Meine Finger krallten sich in die Krone, meine Schuhe fanden Halt in dem rauhen Putz. Keuchend zog ich mich hoch. Hinunter war es leichter, nur daß ich bei der Landung mit dem Fuß umknickte. Ein bestialischer Schmerz. Beinahe hätte ich den Griff des Schraubenziehers durchgebissen. Humpelnd schlich ich zur Rückfront.

Ich hatte Glück. Das ausgehebelte Kellerfenster hatte noch niemand entdeckt. Vor acht Tagen hatte ich den Rahmen zurück in das Mauerloch gedrückt, und auf den ersten Blick sah alles völlig normal aus. Bei Nacht sowieso. Aber ein paarmal den Schraubenzieher angesetzt – und es ließ sich wieder herauslösen. Ich kroch hindurch.

Was auch immer in dem Kellerraum aufbewahrt wurde – es stank. Das war mir beim letzten Mal schon aufgefallen. Vielleicht hatte jemand aus dem Haus eine Vorliebe für tote Hunde. Ein angerissenes Streichholz zeigte mir den Weg zum Flur. Vor einer Woche war die Tür unverschlossen gewesen. Heute auch. Genauso wie die Tür zum Treppenhaus.

Der verstauchte Fuß erwies sich zunehmend als Handikap. Im Dunkeln zog ich mich am Geländer die Treppe hoch. Ziel war das, was die Amis ein Penthouse nennen. Die Wohnung auf dem Dach.

Zusätzliche Schlösser, Riegel und Ketten sicherten die Wohnungstür. Der Bewohner war sehr auf seine Sicherheit bedacht. Allerdings nicht bedacht genug, sonst hätte er auch den Zugang zum Dach seiner Wohnung verrammelt. Ich zog die Deckenluke herunter, und die zweigeteilte Leiter glitt geräuschvoll herab. Einen Augenblick atemlose Stille. Nur das Blut hinter meinen Schläfen rauschte. Aber nirgendwo schrillten Sirenen.

Ich stieg die Leiter hinauf, entriegelte die Außenluke, stemmte sie auf, kletterte hinaus, zog die Leiter hoch, sicherte sie und schloß beide Luken.

Zwanzig Meter über Straßenniveau. Man hatte eine ganz passable Aussicht. Nicht wie vom Messeturm, aber immerhin.

Zu der Wohnung gehörten zwei Terrassen. Auf die vordere hinunterzuklettern war riskanter, weil sie vom Ebertplatz einzusehen war. Auch nachts, denn Licht fiel von den Leuchtreklamen und den beiden haushohen Laternen an der Haltestelle auf die gesamte Fassade. Aber immer noch besser, als auf der rückwärtigen Terrasse vor dem Schlafzimmer herumzuturnen.

Auf dem Bauch liegend schob ich den Kopf über den Rand des Flachdachs. Unter mir das Wohnzimmer. Stockfinster. Ich wendete und ließ mich mit den Beinen voran hinunter. Der Versuch, nur mit dem gesunden Fuß aufzukommen, mißlang. Ich ging zu Boden und stöhnte wie ein Walroß mit vereiterten Backenzähnen.

Nach einer Weile ebbte das Pochen im Knöchel ab. Ich rappelte mich hoch und knöpfte mir die Schiebetür vor. In Höhe des Riegels rammte ich den Schraubenzieher zwischen Tür und Rahmen. Ein kräftiger Ruck zur Seite, ein halblautes Knacken. Das war alles.

Der Teppich war knöcheltief und weich wie Watte. Da ich die Räumlichkeiten kannte, verzichtete ich auf Licht. Rechts die Diele. Ich stützte mich an der Wand ab. Fünf, sechs, sieben Schritte, dann stand ich vor der Schlafzimmertür. Nur angelehnt. Im Bett wurde gleichmäßig geatmet.

Vorsichtig drückte ich die Tür auf und schob mich in das Zimmer. Auch hier ein Watteteppich, der jedes Geräusch schluckte. Unbemerkt gelangte ich bis ans Bett – eine Sonderanfertigung mit den Ausmaßen eines Fußballfeldes.

Die Schublade der Nachtkonsole. Ich zog sie auf. Langsam. Sie quietschte. Der Atem des Schläfers stockte. Ich erstarrte. Schweißperlen auf der Stirn. Sekunden später wurde der heisere Rhythmus wieder aufgenommen. Tastend glitten meine Finger durch die Lade. Na, also! Die Beretta. Kühl und schlank.

Vorsichtig bewegte ich mich rückwärts, bis ich die Tür hinter mir spürte. Ich knipste die Deckenlampe an und sagte:

»Zeit zum Aufstehen, Reulen.«

Er schoß in die Höhe wie ein Schachtelteufel, riß die Augen auf und schrak zusammen, als er die Pistole in meiner rechten Hand entdeckte.

Die andere Hälfte des Lotterlagers war auch belegt. Die Dame hatte sich das Oberbett über den Kopf gezogen, und es dauerte, bis sie sich freigekämpft hatte. Blinzelnd orientierte sie sich.

Fast hätte ich sie nicht erkannt. Sie trug die Haare jetzt kurz und schwarz, und ohne Make-up glich ihr Gesicht einer Ruine.

Die Frau war Sibylle.

Man hatte mich betäubt und verschleppt; ich war neben einer unbekannten Toten aufgewacht; mein Entlastungszeuge war unerreichbar; ein Detektiv hatte mich observiert und mit einer Waffe bedroht; mein bester Freund hatte die Nase voll von mir; die Frau, die ich liebte, wollte sich von mir trennen; der härteste Bulle der Stadt hatte mich im Fadenkreuz; ich war im Kofferraum eines Taxis herumgeschleudert und beinahe an den Abgasen erstickt und ich hatte mir den rechten Fuß verstaucht. Seit zwei Tagen hatte ich nicht geduscht, nichts Vernünftiges gegessen, kaum geschlafen und rauchte wieder. Da hätte man eigentlich damit rechnen müssen, daß man die eigene Ex-Frau im Bett des Typen antrifft, der einem den ganzen Schlamassel höchstwahrscheinlich eingebrockt hat.

Ich humpelte ans Bett und schlug Reulen auf's Maul. Er verzog keine Miene.

»Du dummes Schwein!« kreischte Sibylle und schleuderte ihr Oberbett nach mir.

Im Reflex riß ich die Arme hoch, machte einen Ausfallschritt und belastete den lädierten Fuß. Ein glühender Schmerz fuhr mir ins Bein, jaulend knickte ich weg und fiel um.

Wie ein wildgewordener Pillendreher kroch Sibylle über Reulen hinweg und stürzte sich splitternackt auf mich. Ritt auf meinem Bauch, umklammerte meine Handgelenke, heulte wie eine Furie. Ihre Brüste – immerhin Oberweite 90 – klatschten mir ins Gesicht. Die Beretta ging los. Hinter mir splitterte Glas.

Ich bäumte mich kurz auf und ließ mich dann blitzschnell zurückfallen, wobei ich meine Oberschenkel wie ein Katapult benutzte. Mit der Grazie einer Do X hob Sibylle ab und segelte in Richtung Tür. Ein lauter Rumms, ihr Gekreisch verstummte – sie war gelandet. Mühsam rappelte ich mich auf, und das war entschieden zu langsam, denn zwischenzeitlich war Reulen aus den Federn geturnt. Ich kassierte einen Volltreffer auf die Nase und nahm den Rückwärtsgang bis in die Spiegelglastür des Kleiderschranks. Einem explosionsartigen Knall folgte ein Scherbenregen.

Obwohl halbblind, konnte ich seinen nächsten Schlag abblokken und selbst einen Haken landen. Sein Kopf klappte nach hinten, und er legte sich aufs Bett. Mein Nachsetzen trug mir einen Tritt in den Magen ein. Ich nahm auf dem Teppich Platz und hustete. Ich hustete noch, als Reulen schon wieder stand.

Aber er war barfuß, und das war mein Vorteil. Während er zwischen den Glassplittern einen grotesken Tanz aufführte, stürzte ich nach vorn und riß ihm die Beine weg. Gemeinsam gingen wir zu Boden. Halb auf ihm liegend, bäumte ich mich auf und drosch ihm die Faust ins Gesicht. Einmal. Zweimal. Dreimal. Er grunzte.

Als ich endlich wieder auf den Beinen war, sprang Sibylle mich hinterrücks an. Obszönitäten brüllend schlang sie ihre Arme um meinen Hals. Ich drehte mich wie ein Brummkreisel und versuchte sie abzuschütteln. Vergeblich. Schließlich rammte ich den Ellbogen nach hinten. Sie sagte »Uff!«, überschlug sich auf dem Bett, reckte mir kurz ihren nackten Hintern entgegen und fiel auf der anderen Seite hinunter.

Ich drehte mich zu Reulen herum, gerade rechtzeitig für eine satte Gerade. Nur die Wäschekommode verhinderte, daß ich zu Boden ging. Reulens nächster Schlag erwischte mich am Rippenbogen, der dritte am Schlüsselbein. Dem vierten konnte ich ausweichen – sein Siegelring schlitzte mir lediglich die Haut über dem Wangenknochen auf.

Dann versuchte er, mich zu würgen. Ich schlug seine Arme auseinander, packte seinen Kopf und riß ihn nach vorn. Meine Stirn küßte sein Nasenbein. Er sackte weg. Als ich mich erneut auf der Kommode abstützen wollte, griff ich ins Leere.

Ich hatte keine Kraft mehr. Schwarze Punkte tanzten mir vor den Augen. Warm rann Blut über meine Wange. Im Mundwinkel leckte ich ein bißchen davon auf. Schließlich war es meins.

Ein Stück entfernt lag Reulen auf dem Rücken, die Arme ausgebreitet. Bewußtlos. Aber er lebte, denn seine Bronchien rasselten. Von Sibylle war nichts zu sehen.

Da es momentan nichts zu kämpfen gab, streckte ich mich lang aus. Der Teppich war wunderbar weich. Ich nahm mir vor, Reulen zu fragen, wo er ihn gekauft hatte. Mir fielen die Augen zu.

Der Frieden währte keine Minute. Jemand trat mir vor die Beine. Ich klappte die Augen auf. Sibylle stand einen Meter jenseits meiner Füße. Gekrümmt, als habe sie Magenkrämpfe. Ihr

Gesicht eine Fratze. Ich fand, daß sie ihrem Vater verdammt ähnlich sah.

»Jetzt bist du dran!« spie sie. »Dich mache ich fertig.«

Durchgedrückte Knie, die Arme ausgestreckt, die Beretta, die ich völlig vergessen hatte, in der Rechten, die Linke als Stütze. Sah sehr professionel aus. Ich fragte mich, wer ihr diesen Mist beigebracht hatte. Kochen konnte sie wahrscheinlich noch immer nicht.

In Zeitlupe krümmte sich ihr Zeigefinger. Ich ließ den Kopf zurückfallen. Bei dem Winkel würde sie mir von unten durch die Kinnlade schießen. Vermutlich war das nicht schmerzhafter als ein linker Haken.

Mit geschlossenen Augen wartete ich auf den Knall.

Das Zimmer war zukunftsweisend eingerichtet. Viel Stahl, Chrom, Glas und Kunstoff, wenig Holz. Wo es Farben gab, dominierten Pastelltöne. So waren der Teppich und die Wände lindgrün, die Phonotruhe von Braun cremeweiß. Dem Schrank und der Anrichte von Gustav Pesch schmeichelte ein blasses Türkis. Die abwaschbaren Bezüge der Sitzgarnitur korrespondierten farblich mit dem Musikmöbel.

Das war eindeutig Sibylles Geschmack, denn Reulen stand auf Troddeln an den Lampenschirmen und paisleygemusterten Tapeten. Nur bei den Bildern schien er sich durchgesetzt zu haben. Alle drei zeigten geschmacklose Frauenakte. Bücher sah ich keine.

Reulen fragte mich, was ich hören wollte. Da er keine Platte von Cab Calloway hatte, spielte er eine von Louis Armstrong. Dann setzte er sich wieder und legte den Kopf zurück, damit das Nasenbluten aufhörte. Sibylle war in der Küche und kochte Kaffee.

Ich lag auf dem Sofa. Den verstauchten Knöchel betäubte ein Eisbeutel, den Riß in der Wange bedeckte ein Stück Leukoplast. Mit Fingern und Zunge kontrollierte ich den Sitz der Vorderzähne. Sie waren vollzählig, aber ich hatte den Verdacht, daß einer wackelte.

»Stell dir vor«, sagte Reulen eigenartig pfeifend, »ich hätte das Magazin nicht rausgenommen.«

»Dann wäre ich jetzt im Himmel«, sagte ich.

»Das hätte mir gerade noch gefehlt. Ich hab nächste Woche Verhandlung. Ich kann mir momentan keine Leiche auf dem Teppich leisten.«

»Wegen Verführung Minderjähriger?«

»Arschloch! Wegen Steuerhinterziehung.«

»Was war mit der ersten Kugel?«

»Die muß in der Kammer gewesen sein. Hatte ich glatt vergessen.«

Satchmo setzte zu einem Trompetensolo an. Sibylle schob einen Servierwagen herein, der prompt mit den Rädern an der Teppichkante hängenblieb.

»Verdammt!« sagte sie.

»Dann trägst du die Sachen eben die zwei Meter, du faule Kuh«, sagte Reulen.

»Leck mich doch!« sagte Sibylle und tat, was er gesagt hatte.

Während sie nachlässig den Tisch eindeckte, fragte ich: »Wie geht es eigentlich deinem alten Herrn?«

Sie machte sich nicht die Mühe, mich anzusehen. »Seit wann interessiert denn dich, wie es ihm geht?«

»Mich interessiert immer, wie es meinen Schuldnern geht.«

»Schuldner?« Sie stemmte die Hände in die Hüften, was den Bademantel auseinanderklaffen ließ und ihren Brüsten Licht und Luft verschaffte. »Mein Vater? Redest du etwa von dem verdammten Kaffee?«

Ich nickte. »Fünfhundert Pfund bester Mokka. Macht schlappe fünftausend.«

»Fünftausend Arschtritte kannst du haben«, sagte sie.

Ich spürte, wie Reulen Riesenohren bekam, als er hörte, daß es um Geld ging.

»Das hörte sich an dem Tag, an dem ich ausgezogen bin, aber ganz anders an«, sagte ich. »Da wollte der alte Knabe den Betrag sogar nach oben abrunden.«

»Da mußt du dich aber kräftig verhört haben, mein Lieber«, sagte Sibylle spöttisch. »Oder glaubst du ernsthaft, mein Vater würde für Schmuggelware zahlen? Damit würde er sich doch selbst strafbar machen. Das kann er sich in seiner Position nicht leisten.«

»Claudius Leyendecker, die Gesetzestreue in Person! Der einsame Stern der Ehrlichkeit am ansonsten schwarzen Firmament des rheinischen Baugewerbes.« Ich setzte mich auf. »Als er den Kaffee gesoffen und pfundweise verschenkt hat, da war sein Gewissen wohl gerade in der Inspektion?«

»Da wußte er ja noch nicht, daß es sich um Schmuggelkaffee handelte.«

»Ach? Hat er etwa gedacht, ich hab 'ne Plantage in der Eifel?« Da sie eine Antwort schuldig blieb, setzte ich noch einen drauf. »Welch hochmoralischer Mensch dein Vater ist, kannst du ja mal den Zwangsarbeitern erzählen, die am Westwall für ihn geschuftet haben. Die würden sich scharenweise totlachen, wenn sie das nicht ohnehin schon wären.«

»Du Ekel!« zischte Sibylle bösartig; Mund und Augen ganz schmal. »Das ist das einzige, was du kannst! In alten Wunden herumstochern. Du weißt genau, daß das andere Zeiten waren.«

»Andere Zeiten, gewiß. Aber der gleiche Mann mit der gleichen flexiblen, zweckdienlichen Moral. Ihr kotzt mich an! Er, weil er ist, wie er ist, und du, weil du ihn gegen besseres Wissen auch noch verteidigst.«

Sibylle wandte sich wieder dem Tisch zu und ließ Kaffeelöffel neben die Untertassen fallen. »Du solltest froh sein, daß er dich damals nicht an die Fahndung verpfiffen hat.«

»Hat er doch versucht«, sagte ich. »Über seinen Busenfreund Matern. Dummerweise hatte er nur versäumt, die notwendigen Beweise zu sichern.«

Als Materns Name fiel, klappte Reulens Unterkiefer so weit herunter, daß ich befürchtete, er bekäme Maulsperre.

»Sag bloß, du wußtest das nicht?« fragte ich ihn.

Er schüttelte den Kopf.

»Der Vater deiner Puppe ist Materns Parteifreund und Skatbruder«, erklärte ich. »Sei also vorsichtig, was du in ihrer Gegenwart redest. Vielleicht ist sie ja auf dich angesetzt.«

Sibylles Schlag kam ansatzlos, aber ich fing ihren Arm ab und packte ihr Handgelenk, daß sie jaulte.

»Schluß, verdammt!« brüllte Reulen. »Ist das wahr?«

»Was soll wahr sein?« keifte Sibylle, kein Phon leiser. Sie entwandt sich meinem Griff, ging auf Distanz und rieb sich das Gelenk. »Glaubst du dem Arsch etwa? Glaubst du wirklich, ich würde dich bespitzeln?«

»Quatsch! Ich will wissen, ob dein Vater und Matern ein dickes Ei zusammen haben?« Und da sie nicht sofort antwortete, schnauzte er: »Was nun?«

»Ja, ja«, sagte Sibylle. »Aber was kann ich dafür? Sie sind halt in derselben Partei. Das ist alles.«

Einen Augenblick lang herrschte Ruhe wie auf einem Provinzbahnhof um Mitternacht.

Dann fragte Sibylle: »Wo sind die Veronal?«

»Willst du dich umbringen?« fragte Reulen.

Ich vermeinte, einen hoffnungsvollen Unterton vernommen zu haben.

»Ich will schlafen«, erklärte Sibylle, die noch nie einen Sinn für tonale Nuancen gehabt hatte, und raffte den Bademantel zusammen. »Am besten zwei Tage am Stück. Vielleicht kann ich so vergessen, was ihr für Idioten seid.«

»Im Bad. Da, wo sie immer stehen.«

Ohne mich eines weiteren Blickes zu würdigen, ging Sibylle aus dem Zimmer.

»Sie hat nicht mal eingegossen«, sagte Reulen, als die Tür ins Schloß fiel. »Alles kann man selbst machen.«

Immerhin hatte sie an den Whisky gedacht. Wir schenkten uns ein. Das Service kannte ich. Dekor Domino von Rosenthal. Sehr hübsch. Die fifty-fifty Mixtur brannte, aktivierte aber die Lebensgeister. In der silbernen Zigarettendose auf dem Glastisch steckten Murattis mit Korkmundstück. Ich bediente mich. Reulen nahm sich auch eine. Er hielt die Zigarette mit links, weil an seiner rechten Hand der Mittelfinger fehlte. Den hatte ihm vor Jahren eines seiner Mädchen bei einer Keilerei abgebissen. Wenn man ihn darauf ansprach, wurde er wild.

Eine Weile rauchten wir, tranken und lauschten Satchmo.

Als unsere Zigaretten abgebrannt waren, strich Reulen seine brillantinetriefenden Haare aus der Stirn, machte ein ernstes Gesicht und fragte: »Willst du sie zurückhaben?«

»Wen? Sibylle?«

Er nickte.

»Willst du sie loswerden?«

Langsam und schwer schüttelte er den Kopf. »Unmöglich.«

Trauriger konnte ein einzelnes Wort nicht klingen. Also stand er bei Sibylle in der Kreide und hatte die Ha-Mo mit der Kohle finanziert, die Sibylle von ihrer Mutter geerbt hatte. Es hätte mich aber auch gewundert, wenn er selbst genug auf der Kante gehabt hätte.

»Du hast meine Frage noch nicht beantwortet«, hakte er nach.

»Nein. Sie sei dir gegönnt.«

»Warum hast du dann diese dämliche Schlägerei angezettelt?«

»Ich hatte einen beschissenen Tag.«

Dafür schien er Verständnis zu haben.

Er dachte nach. Das hielt eine Weile an. Schließlich rückte er mit dem heraus, was ihn beschäftigte.

»Wenn du Lollo nicht umgebracht hast, Saalbach, wer war es dann?«

»Vielleicht dieser Ferdi. Wie heißt er eigentlich mit Nachnamen?«

»Pinnschik. Kann ich mir aber nicht vorstellen. Er hat sie geliebt.«

»Das eine muß das andere ja nicht ausschließen.«

»Nee, nee. Außerdem hat er von ihr gelebt. Wer bringt schon seine Melkkuh um?« Von einer Sekunde auf die andere kniff er die Augen zusammen und musterte mich scharf. Aus seinem linken Nasenloch hing ein Blutfaden.

»Was ist?« fragte ich.

Seine Lippen bewegten sich nur wenig, als er sprach. »Du denkst, ich habe sie kaltgemacht, stimmt's?«

»Der Gedanke ist mir gekommen.«

»Um dir wegen den zehntausend eins auszuwischen?«

Ich nickte.

Zornesröte stieg ihm ins Gesicht. »Wofür hältst du mich eigentlich?«

Ich mixte mir einen neuen Kaffee mit Schuß und gönnte mir eine weitere Zigarette.

Als sie qualmte, sagte ich: »Versetz dich in meine Lage, Reulen. Ich klaue dir zehntausend Mark. Du bist sauer. Eine Woche später werde ich in deiner Bar schachmatt gesetzt und wache neben einer Toten auf. Die entpuppt sich als deine ehemalige Braut, von der du dich erst vor wenigen Monaten getrennt hast. Unter Umständen, die mir unbekannt sind. Vielleicht hattet ihr noch eine alte Rechnung offen. Was weiß ich? So konntest du zwei Fliegen mit einer Klappe erledigen. Klingt doch logisch, oder?«

Er griff sich den Bourbon, schraubte den Verschluß ab und sagte: »Deine Logik kannst du dir in den Arsch schieben.«

Nachdem er das losgeworden war, gurgelte er drei Zentimeter weg und rülpste.

Ich streifte die Asche ab. »Mir schnüffelt ein Privatdetektiv mit einer Luger hinterher. Heinz-Josef Schmitz. Grüner Borgward. Sagt dir das was?«

»Glaubst du etwa, ich hätte einen Plattfuß auf dich angesetzt?«

»Verdammt noch mal, Reulen! Sei doch nicht so mimosenhaft.

Stell dir lieber vor, was Matern mit dir anstellt, wenn er herausfindet, daß Lollo deine Ehemalige war.«

Das saß.

Er starrte einen Moment vor sich hin, dann nickte er und reichte mir die Flasche. »Okay, was willst du wissen?«

»Kennst du diesen Schmitz?«

»Nein.«

»Wer weiß außer dir, daß ich dir die zehntausend Mark geklaut habe?«

»Niemand.«

»Auch Sibylle nicht?«

Er schüttelte den Kopf.

»Hatte die Möbbich Feinde?«

»Wie Sand am Meer.«

»Wie kommt's? Sie sah aus, als sei sie beliebt.«

Er verlangte die Flasche. Ich reichte sie rüber.

Nachdem er sich das Kinn abgewischt hatte, sagte er: »Lollo hatte einen Fehler. Sie war zu geldgierig. Sie konnte den Hals einfach nicht voll kriegen.«

»Erpressung?«

Er bejahte stumm und kippte wieder ein ordentliches Quantum. Langsam sah man ihm den Alkohol an.

»Ihre Kunden?« fragte ich.

»War eine alte Masche von ihr. Schon vor unserer Zeit. Solange wir zusammen waren, war das tabu. Dann hat sie Ferdi kennengelernt. Den konnte sie um den Finger wickeln, wie sie wollte. Außerdem ist er immer klamm. Also haben die beiden sich zusammengetan.«

»Wie haben sie es gemacht?«

»Bestimmt nicht mit Portraitzeichnungen.«

»Also Fotos. Wo sind die gemacht worden?«

»Weiß ich nicht. Vermutlich in ihrer Wohnung.«

»Hm.« Mir fiel der abgeschlossene Kleiderschrank ein. »Ich verstehe nur nicht, warum du sie dann in der Ha-Mo hast arbeiten lassen.«

»Anfang des Jahres hatten sie und Ferdi eine Flaute. Da hat sie mich angebettelt, sie um der alten Zeiten willen für ein paar Monate reinzunehmen. Hat bei allem was ihr heilig war geschworen, keine krummen Dinger mit den Gästen zu drehen. Und ich Idiot habe ihr geglaubt.«

»Weißt du, wen sie ausgenommen hat?«

»Ich bin nicht jeden Abend in der Bar. Sibylle will das nicht. So hab ich erst gestern erfahren, was da lief. Aber da war es ja schon zu spät.«

»Kannst du wenigstens abschätzen, wieviele es waren?«

»Von drei Fällen habe ich gehört.« Die Flasche wurde angesetzt, und der Rest lief durch. Leer flog sie über seine Schulter und landete knapp neben der Musiktruhe. »Friede ihrer Asche.«

»Wo kann ich Pinnschik finden?«

»Sie haben zusammen gehaust.«

»Da wird er wohl kaum sein.«

»Dann weiß ich es auch nicht.«

»Denk nach.«

Er zerwühlte seine Haare. Scheinbar half das. »Früher hat er als Schlepper für's Bobi gearbeitet. Soweit ich weiß, hängt er da noch ab und an rum. Außerdem ist er ein Busenfreund vom Gold-Pitter. Möglich, daß er bei dem untergekrochen ist.«

Ich stöhnte. Gold-Pitter war der, den ich mit dem Royal Flush abgezogen hatte.

Ich trat das Gaspedal durch, und die Automatik schaltete zurück. Fauchend drehte der Motor des Pontiac hoch. Ein urgewaltiger Schub. Ich glaubte Reulen jede einzelne der 220 Pferdestärken, von denen er geschwärmt hatte.

Vom Kaiser-Wilhelm-Ring bog ich in die Göbenstraße ein und fuhr weiter in die Gilbachstraße. Laut Reulen wohnte Gold-Pitter in der 11, einem rußgeschwärzten Haus auf der linken Seite.

Ich lehnte mich gegen den Klingelknopf, bis der Daumen taub wurde. Als der Draht in meiner Phantasie gerade durchschmorte, wurde entriegelt. Eine defekte Treppenhausbeleuchtung, aber Fenster, die das erste magere Tageslicht hereinließen. Klebrige Stufen und der Geruch von abgestandenem Kohl.

Auf dem Treppenabsatz im zweiten Stock wartete ein Mann mit der Silhouette einer Litfaßsäule. Bekleidet war er lediglich mit Unterhosen und Pantoffeln. In seiner rechten Hand baumelte etwas, das nach Kaliber 38 aussah.

»Harry?« fragte Pitter.

»Falsch. Saalbach. Der Mann mit dem Royal Flush.«

»Das ist doch Harrys Wagen, der da unten steht.«

»Du hast Adleraugen.«

»Wie kommst du zu Harrys Wagen?«

»Er hat ihn mir geliehen.«

»Das glaube ich nicht. Harry verleiht seinen Wagen nie.«

»Dann eben nicht. Ich habe mit dir zu reden, Pitter.«

»Wüßte nicht, worüber.«

»Über Ferdi Pinnschik.«

Es war zu düster, um zu erkennen, ob ihn das interessierte. Jedenfalls rührte er sich nicht von der Stelle.

»Willst du Eintrittsgeld, oder was?« fragte ich.

Er gab den Weg frei. »Geh durch. Immer geradeaus.«

In Sachen Möblierung konnte das Wohnzimmer mit der Klausur eines Trappistenklosters konkurrieren. Zwei durchgesessene Sessel, ein verschrammter Tisch, darüber eine nackte Glühbirne. Kein Schrank, kein Teppich. Nicht einmal Tapete war an die Wände verschwendet worden. In einer Ecke stapelten sich Pappkartons. Daneben logierte ein halbvoller Bierkasten. Die Raumtemperatur war ganz auf das Wohlbefinden von toten Heringen abgestimmt.

»Du mußt mir bei Gelegenheit mal die Anschrift deines Innenarchitekten geben«, sagte ich.

»Quatsch nicht. Setz dich und komm zur Sache.«

Er ließ sich in den anderen Sessel fallen, daß die Sprungfedern jaulten. Die Smith & Wesson mit dem abgefeilten Korn plazierte er auf seinem rechten Oberschenkel. Rein zufällig zielte der Lauf in meine Richtung.

Die gnadenlose Beleuchtung machte es überdeutlich. Gold-Pitter war kein schöner Mann. Ein kugelrunder Schädel wie ein Porzellannachttopf, beklebt mit einem dünnen Kranz blonder Haare. Kleine, abstehende Ohren wie Henkel. Farblose Augen. Die Nase eine Leihgabe von Werner Peters. Der Schnäuzer war dünn und blaß. Unterhalb des Schnäuzers glänzten die Zähne, denen er seinen Spitznamen verdankte.

Aber der Pitter war eine Seele von Mensch. Zumindest, wenn er nicht betrunken oder schlecht gelaunt war. Seiner Fahne und Miene nach zu urteilen, war er beides. Und das am frühen Morgen.

Ich steckte mir eine der Murattis an, die ich bei Reulen eingesteckt hatte und sagte: »Lollo Möbbich ist tot.«

»Weiß ich.«

»Pinnschik ist verschwunden.«

»Weiß ich.«

»Die Kripo hat mich in Verdacht.«

»Sehr gut.«

»Ich war es aber nicht.«

»Das behauptest du. Ferdi behauptet etwas anderes.«

»Was denn?«

Er klemmte sich ein Streichholz zwischen die goldenen Beißerchen und kaute darauf herum. »Er hat dich neben der toten Lollo gefunden. Sie erdrosselt, mit deinem Gürtel. Du daneben, besoffen und schnarchend.«

»In der Ha-Mo haben die beiden mich mit irgendeinem Zeug betäubt. Wäre das erste Mal, daß ein Besinnungsloser eine Frau erdrosselt.«

»Vielleicht war die Dosis zu niedrig.«

»Ich leide jetzt noch unter den Nachwirkungen.« Zum Beweis verdrehte ich die Augen und wackelte mit dem Kopf, wobei ich mir wie ein Idiot vorkam. »Ich muß mit ihm reden. Wo kann ich ihn finden?«

»Pah!« Das Zündholz flog im hohen Bogen davon. »Damit du ihn auch erledigen kannst, was?«

»Hat er dich etwa mit seinem schwachsinnigen Gefasel angesteckt?«

Er griff nach dem Revolver und spannte den Hahn. »Paß auf, was du sagst! Ferdi ist mein Freund. Und zu meinen Freunden stehe ich.«

»Wie rührend. Streng für eine Minute deinen Grips an. Wenn ich die Möbbich wirklich umgebracht hätte, wäre ich dann nicht abgehauen?«

»Es gibt Beweise«, sagte er schwer.

»Was für Beweise?«

»Die Wohnungstür war nicht aufgebrochen, als Ferdi zurückkam.«

»Das soll ein Beweis sein? Lollo könnte ihren Mörder hereingelassen haben. Oder er hatte einen Schlüssel.«

»Außer Ferdi hat niemand einen Schlüssel zu der Wohnung. Und daß sie so dumm war, ihren eigenen Mörder hereinzulassen, glaub ich nicht.«

»Vielleicht hat der Mörder ihr ja nicht gleich gesagt, daß er sie umbringen will. So was soll schon vorgekommen sein.« Meine Kippe fiel zu Boden. Pitter schien es nicht zu stören. »Du sagtest, Ferdi sei noch einmal weggegangen. Wieso? Ich dachte, er wollte Fotos machen.«

»Der Film war zu Ende«, sagte er treuherzig. »Er mußte einen neuen holen.«

»Wie lange war er weg?«

»Weiß ich nicht. Vielleicht eine halbe Stunde. Vielleicht länger.«

»Wo hat er den Film geholt?«

»Du glaubst wohl, du kannst mich reinlegen, du Scheißer, was?« Entschlossen richtete er den Revolver auf mich. Mir wurde ganz anders. Immerhin waren schon Leute aus Versehen erschossen worden.

»Nimm das Ding runter«, sagte ich. »Sonst passiert noch was.«

»Mach daß du rauskommst«, knurrte er.

»Noch eine Frage«, sagte ich und ließ den angehaltenen Atem langsam entweichen. »Wie sind die beiden eigentlich auf die Idee gekommen, ich sei mit schweinischen Fotos erpreßbar?«

»Woher sollten sie wissen, daß du es nicht bist? Sie kannten dich ja nicht. Nicht jeder Versuch ist ein Treffer.«

»Noch etwas. Hat Pinnschik einen Lodenmantel?«

»Einen was?«

»Einen Lodenmantel. Du weißt schon. So ein Ding, wie Förster ihn tragen. Grün und filzig.«

»Was soll die Frage?«

»Ja oder nein?«

Pitter schüttelte seinen blanken Schädel. »So etwas trägt der Ferdi nicht.« Er sprang auf. Für einen Mann seines Formats bewegte er sich verdammt schnell. »Schluß mit dem Gerede.«

Ich blieb ungerührt sitzen. »Wieso hat Pinnschik mich nicht direkt kaltgemacht, wenn er mich für den Mörder hält? Die Gelegenheit war doch mehr als günstig.«

»Ferdi haßt Gewalt. Im Gegensatz zu mir. Raus jetzt!«

In Zeitlupe stemmte ich mich hoch. Ich hatte das Gefühl, das schmierige Polster blieb an meinem Hosenboden haften. »Eine letzte Frage. Hat er die Bullen angerufen?«

»Solche Dinge regeln wir selbst, Saalbach«, sagte Pitter und drängte mich mit dem Revolver in Richtung Tür.

»Aber irgendwer hat Matern alarmiert. Ich bin nur um Haaresbreite davongekommen.«

Er stutzte. »Wer?«

»Vermutlich der Mörder.«

»So ein Quatsch! Kein Mörder ruft die Schmiere.«

»Es sei denn, er will den Mord einem anderen in die Schuhe schieben.«

Nun wurde er doch nachdenklich. Eine Weile standen wir uns gegenüber wie zwei Loks, die sich unvermutet auf einer eingleisigen Strecke begegnen.

Dann sagte Pitter: »Setz dich noch mal.«

Ich tat wie befohlen, und er nahm auch wieder Platz. Seine spiegelblanke Kopfhaut legte sich in tiefe Falten. Anscheinend dachte er nach. Das war ungewohnt und anstrengend. Schweißperlen sammelten sich auf seinem Schädel.

Plötzlich sprang er wieder auf. »Wir fahren zu Ferdi. Soll er entscheiden, was mit dir geschehen soll.«

»Hältst du das für fair? Pinnschik ist emotional befangen. Er könnte eine falsche Entscheidung treffen.«

»Schnauze!« Mit dem Revolver dirigierte er mich aus dem Zimmer und schaltete das Flurlicht ein. »Lehn dich gegen die Tür. Die Hände in den Nacken, die Beine auseinander.«

Während er hinter mir herumkramte und schnaufte, rechnete ich kurz meine Fluchtchancen durch. Trotz meines noch immer leicht geschwollenen Knöchels standen sie nicht schlecht. Aber ohne Pitter würde ich kaum zu Pinnschik finden. Also ließ ich es.

Statt dessen sagte ich: »Reulen hält mich übrigens für unschuldig.«

»Seid jetzt dicke Freunde, wie?« Ein Reißverschluß wurde zugezogen. »Ihr Ärsche.«

Als ich mich wieder umdrehen durfte, hatte er Hosen und Schuhe an, und ein zwei Nummern zu kleiner, breitkrempiger Hut saß auf seinem Hinterkopf. Ein Hemd hatte er offensichtlich nicht gefunden, denn unter dem offenstehenden Wollmantel lugte sein Brustpelz hervor.

Er stopfte die Smith & Wesson in die rechte Manteltasche. »Wenn du Faxen machst, verpaß ich dir eine Kugel. Los!«

Im Gänsemarsch verließen wir das Haus. Ich durfte fahren. Inzwischen war der Tag voll da. Zu dunkel für die Sonnenbrille, aber hell genug, um ohne Licht zu fahren.

Als wir am Mohr-Baedorf vorbeirollten, setzte der Regen wieder ein.

Dunst waberte über das Hafenbecken und erschwerte zusammen mit dem Bindfadenregen die Sicht. Wir stiegen aus, und Pitter kassierte den Schlüssel. Dann deutete er auf einen der Lastkähne, die an der Bayenwerft vertäut lagen.

Laut der verblichenen Pinselei am Heck hieß der Pott Marie-Luise. In den offenen Laderäumen spitze Berge nassen Sandes, dessen Farbe mich an wässerigen Haferschleim erinnerte. Der Frühstücks-Alptraum meiner Kindheit. Rostnasen verunzierten die einstmals weißen Aufbauten. Wie tote Augen nisteten verdreckte Scheiben in dem morschen Ruderhaus. Der Kahn hatte schätzungsweise fünf Grad Schlagseite nach backbord. Außerdem lag der Bug zu tief im Wasser.

Die Planke an Bord war seifig. Zwei Meter tiefer gluckste das ölige Wasser des Rheinauhafens. Ein einsamer Erpel blickte interessiert zu uns herauf. Ich spürte Pitters sauren Atem im Genick.

»Da hinten, die Eisentür«, sagte er.

Dreck und Rost knirschten unter unseren Sohlen. Die mennigefarbene Tür war überraschend leichtgängig. Jemand hatte die Scharniere erst kürzlich mit Öl versorgt. Ich verharrte vor der Schwelle. Aus einem Raum am anderen Ende des schummerigen, mit Unrat übersähten Gangs schrillte Musik. *Silbermond* von Billy Vaughn. Zu sehen war niemand. Pitter drängte sich neben mich.

»Ferdi, ich bin's!« rief er in den Gang.

Keine Antwort.

»Das Radio ist zu laut«, sagte Pitter. »Los, geh vor.«

Ich sträubte mich. »Wenn ich zuerst reinkomme, wird er durchdrehen.«

Pitters Griff war grob. »Halt keine Volksreden und tu gefälligst, was ich dir sage!«

Ich duckte mich, und er bugsierte mich über die Schwelle. Dämlicherweise hielt Pitter es nicht für nötig, seinen Pißpott-Schädel ebenfalls einzuziehen. Prompt stieß er gegen den Rahmen, sagte »Autsch!«, und der Hut segelte zu Boden. Es war eine völlig normale Reaktion, meinen Arm loszulassen und sich nach dem guten Stück zu bücken.

Jetzt oder nie.

Ich packte die Tür und warf sie mit aller Kraft zu. Es gab ein Geräusch, als bitte man per Gong zu Tisch. Ein Stöhnen, ein Plumps, und die Tür schwang wieder auf.

Wie ein überdimensionaler Käfer, alle Viere von sich gestreckt, lag das Goldmäulchen auf dem Rücken. Besinnungslos. Rote Farbpartikel klebten an seiner Stirn. Die Smith & Wesson wanderte aus seiner Manteltasche in meinen Hosenbund, die Wagenschlüssel zurück in die Jackentasche. Hände und Füße verschnürte ich mit einem herumliegenden, durchgeweichten Tampen und dem Gürtel seines Mantels. Ein nach Terpentin stinkender Putzlumpen paßte als Knebel. Dabei behielt ich ständig den Gang im Auge, aber niemand ließ sich blicken.

Mit gezogenem Revolver schlich ich zu der Kajüte auf der Backbordseite. Inzwischen sorgte Caterina Valente für Unterhaltung. *Die Bim Bam Bim Bam Bina.*

Die Tür war nur angelehnt. Ein matter Lichtschein, als ich sie spaltweit öffnete. Ich lauschte. Außer dem Radiogedudel war nichts zu hören. Ich stieß die Tür weit auf.

Die Kajüte war leer. Zumindest menschenleer. Links lehnte ein verbeulter Doppelspind an der Wand. Eine Seite stand offen. Ein Uralt-Pin-Up pappte an der Innenseite der Tür. La Jana oder Josefine Baker. Verfilzte Decken auf den Etagenkojen. Auf dem unteren Bett ein aufgeklappter Pappkoffer voll verdreckter Wäsche. Rechts ein wackeliger Stuhl vor einem Klapptisch. Über der Lehne eine blaue Arbeitsjacke mit einem Riß im Ärmel. Auf dem Tisch das grölende Radio. Davor ein Kerzenstummel auf einer Untertasse und ein leeres Glas.

Hinter der nächsten Tür die Kombüse. Ein Saustall. Der Gasherd fingerdick verkrustet. Kakerlaken beim Slalom um Essensreste auf dem Boden. Abdrücke von Schmutzfingern auf dem Schrank. Im Inneren Unmengen von Zwieback, eine Dose Van Houtens Kakaopulver und ein Apothekerfläschchen mit Opiumtinktur zum Rachen auspinseln. Laudanum, Großmutters Seelenflieger auf Rezept.

Mitten auf der Back stand eine gußeiserne Pfanne. Im Bratfett dümpelten rabenschwarze Reste von Spiegeleiern. Ein Kanten Brot, ein Teller, eine Gabel mit verbogenen Zinken, ein Rest Milchkaffee in einem henkellosen Becher.

Ich langte die Pfanne an. Sie war noch warm.

Dann der Lokus: zugeschissen bis oben hin. Der eiserne Boden ein einziger Urinsee. Mir verschlug es den Atem.

Die Ausstattung der Steuerbordkajüte entsprach der an Backbord, nur spiegelverkehrt. Der Raum machte einen beinahe gepflegten Eindruck. Weiße Laken auf beiden Kojen, kein Unrat auf dem Fußboden. Die Tischplatte sah aus, als sei sie erst kürzlich geschrubbt worden. Eine Flasche Schlichte und ein Schnapsglas warteten auf einen Trinker. Der Spind enthielt zwei billige Anzüge für einen kleinen Mann. Unten standen Schuhe. Der rechte hatte eine dickere Sohle. Ansonsten geplättete Hemden, etwas Unterwäsche, einige Handtücher.

Der Salon nahm den gesamten Decksaufbau zum Heck hin ein. Schätzungsweise fünf Meter breit, vier Meter tief. Die Möbel waren auf dem Boden festgeschraubt. Generationen von Partikulierhintern hatten die Polster blankgewetzt. Schrank und Anrichte enthielten nichts, was nicht auch in einem Wohnzimmer an Land zu finden gewesen wäre. Vielleicht war der Getränkevorrat etwas üppiger.

Caterinas Geträller war einer lautstarken Diskussion über die geplanten Subventionsanhebungen für die Milchwirtschaft im Rahmen des Grünen Plans gewichen. Preiswerte Milch für alle Kinder. Ich erteilte meinen Segen und betrat mit gezogener Waffe den Niedergang zum Maschinenraum.

Das Licht war eingeschaltet. Die Batterien summten wie eine Horde Insekten. Ein mächtiger, uralter Zweitakt-Diesel sprengte beinahe den Raum. Gebückt tauchte ich unter den Versorgungsleitungen hindurch und trat vor eine Pütz. Sie kippte polternd um. Gurgelnd lief ihr Inhalt in die Bilge, während der blöde Eimer hinter den Motor rollte.

Ich hatte den Mann noch nie gesehen, der auf der anderen Seite der Schraubenwelle lag, aber ich tippte auf Ferdi Pinnschik. Kleingewachsen, wie er war, steckte er in grauen Hosen und einem Hemd, war barfuß und lag auf dem Rücken. Das ovale, fast kindliche Gesicht unter dem stark zurückgewichenen Haaransatz war blaß und wirkte maßlos verdutzt. Wie die Miene eines Mannes, der einen Hundehaufen umgeht und dabei vor einen Laternenpfahl läuft.

Gestorben war er allerdings an der Kugel, die sein Hemd in eine japanische Flagge verwandelt hatte. Weiß, mit einem kreisrunden, roten Fleck mitten auf der Brust.

Ich drückte seine Augen zu.

Ich hatte Pinnschik in die Steuerbordkajüte verfrachtet. Da lag er nun, auf der unteren Koje, mit gefalteten Händen. Pitter, den ich von der Leine gelassen hatte, kniete auf dem Boden davor. Immer wieder strich er dem Toten über das schüttere Haar und stammelte unverständliches Zeug.

Ich lehnte am Tisch, rauchte und nippte gelegentlich an dem Schlichte. Der Schnaps war warm und schmeckte zum Kotzen.

Es dauerte wohl eine Viertelstunde, bis Pitter endlich von Pinnschik abließ, sich hinsetzte und ausgiebig seine Nase schneuzte. Aus rotgeweinten Augen blickte er zu mir auf.

»Der Ferdi hat immer nur Pech gehabt im Leben«, sagte er. »Das fing schon bei seiner Geburt an. Sauerstoffmangel. Und dann die Sache mit seinem Bein.«

Nur um etwas zu sagen, sagte ich: »Vielleicht hat er da, wo er jetzt ist, mehr Glück.«

Aber Pitter war mit den Gedanken woanders. »Wenn unsere Mama das wüßte.« Wieder liefen Tränen.

Aus dem Mund dieses groben Klotzes klang der kindliche Ausdruck irgendwie seltsam. Außerdem verstand ich nicht, was er meinte.

»Eure Mama?«

Pitter nickte. »Der Ferdi ist mein Bruder. Nicht mein richtiger, aber wir haben dieselbe Mutter.«

Es fiel mir schwer, das zu glauben. Unterschiedlicher konnten zwei Menschen kaum aussehen. Aber, so wie Pitter trauerte, mochte das wohl stimmen.

»Das wußte ich nicht«, sagte ich.

»Das wußte kaum einer.« Sein Adamsapfel schlug aus. »Auf dem Sterbebett mußte ich ihr versprechen, auf den Ferdi aufzupassen. Hoffentlich sieht sie nicht von oben, wie ich versagt habe.« Er richtete einen scheuen Blick zur Kajütendecke.

»Der Ferdi war kein Kind mehr, Pitter«, sagte ich. »Ab einem gewissen Alter ist jeder für sich selbst verantwortlich.«

Voller Gram schüttelte er seinen massigen Schädel, den eine stattliche Beule an der Stirn zierte. »Aber ich hatte es doch versprochen.«

Damit mußte er allein fertig werden. Um wegzukommen, fragte ich: »Weißt du, wo Ferdi die Fotos versteckt hat?«

»Wozu?«

»Weil sein Mörder wahrscheinlich einer der Erpreßten ist. Es könnte nützlich sein, sich die Bilder anzusehen.«

»Oben«, sagte er teilnahmslos.

»Wo oben?«

»Im Ruderhaus.«

»Wo genau?«

»Das Fach unter dem Kartenpult hat einen doppelten Boden.«

Auf der Rheinauhalbinsel herrschte inzwischen rege Betriebsamkeit. Die Winden der Ladekräne jaulten, Kommandos wurden gebrüllt und ignoriert, eine Köf quälte sich mit einem halben Dutzend Waggons ab, Lastkraftwagen rangierten und ein Schlepper quirlte scheinbar ziellos das Hafenwasser. Niemand beachtete mich.

Langsam erklomm ich die vom anhaltenden Regen glitschige Treppe zur Kommandobrücke. Das Holz der Zugangstür war aufgequollen, die Tür klemmte im Rahmen. Ich zerrte und zog an der Klinke, und mit einem energischen Ruck flog sie auf. Im gleichen Augenblick huschte ein quiekendes Etwas über meine Füße. Die Ratte fegte die Treppe hinunter und verschwand.

Das Innere des Ruderhauses entsprach keineswegs seinem äußeren Erscheinungsbild. Von Ordnung und Sauberkeit zu reden, wäre übertrieben gewesen, aber immerhin machte alles einen halbwegs funktionsfähigen Eindruck. Der Maschinentelegraph ließ sich umlegen, und die Nadel des Ruderlagenanzeigers zitterte, als ich vor das Glas klopfte.

Direkt neben dem Steuerrad das Kartenpult. Ich klappte es auf.

Karten von Flußläufen und Kanälen. Eine Liste mit Schleusengebühren. Das Deutsche Winkeralphabet als Faltblatt. Ein Heft mit Wartungsvorschriften für den Deutz-Diesel im Bauch. An zwei gegenüberliegenden Ecken hatte der Boden kleine, halbrunde Aussparungen. Je ein Finger paßte hinein, und der Holzboden ließ sich herausheben.

In dem Hohlraum darunter ein dicker, unbeschrifteter Umschlag. Er enthielt eine Kladde, mehrere Fotos und die gleiche

Anzahl Negative. Insgesamt sieben. Teilweise von schlechter Qualität, aber alle eindeutig.

Auf fünf der Aufnahmen vollzog die Möbbich mit jeweils einem anderen Partner das, was der Klerus einen unnatürlichen Akt zu nennen pflegt. Die Fotos sechs und sieben zeigten Missionarstellungen. Bis auf einen waren alle Kerle jenseits der fünfzig. Zumeist kahl und übergewichtig. Zum Ausgleich hatte der Jüngste ein Ohrfeigengesicht. Keiner der Böcke war mir bekannt. Die Negative zeigten nichts anderes. Nur daß Lollos Haut schwarz und ihre Strumpfbänder weiß waren.

Die Rückseiten der Abzüge waren mit Daten und Druckbuchstaben beschriftet. 03.07.56/A, 14.09.56/B, 18.11.56/D, 13.12.56/E, 11.01.57/F, 14.01.57/G und 21.01.57/H. Die gleichen Buchstaben – allerdings ohne Datum – tauchten in der Kladde wieder auf. Daneben Zahlen. 1.500 neben A, 2.000 neben B, usw. Vermutlich die erpreßten Summen. Das Ohrfeigengesicht war F und hatte nur 800 eingebracht. Keine Namen, keine Anschriften.

Irritierend war, daß in dem Heft auch C nebst Betrag vermerkt war, der entsprechende Schnappschuß aber fehlte. Dabei hätte mich gerade dieser interessiert. Wer fünftausend zahlt, war entweder ein hohes Tier oder hatte sich eine ganz besondere Schweinerei geleistet.

Was mir hier vorlag, war eindeutig Pinnschiks Rückversicherung. Die Negative und Abzüge hatte er bis auf eine Aufnahme von jedem verkauft. Das zurückgehaltene Exemplar diente vermutlich für den Fall, daß einer der Erpreßten im Nachhinein doch noch auf die Idee kommen sollte, zur Polizei zu gehen. Vielleicht aber auch, um in mageren Zeiten ein zweites mal abkassieren zu können.

Wie auch immer, der ganze Kram nützte mir wenig. Ich konnte die Aufnahmen allenfalls den Mädchen aus der Ha-Mo zeigen und hoffen, daß sie sich an den einen oder anderen erinnern würden.

Ich hatte schon den Türgriff in der Hand, als mir ein halblautes »Oh, Scheiße!« entfuhr und ich mich blitzschnell duckte. Reulens Pontiac hatte Gesellschaft bekommen. Einen Käfer und einen Benz.

Sekunden später lugte ich vorsichtig durch die Scheibe. Matern und Schmallenberg kamen gerade über die Planke an Bord.

Scheiße, Scheiße, Scheiße! Mein Gehirn war wie blockiert. Nur weg, raus aus dem Ruderhaus, Hechtsprung und Schwimmen.

Schwachsinn! Sie würden mich entdecken und wären via Drehbrücke vor mir auf der Halbinsel. Außerdem war das Wasser bestimmt saukalt. Aber wohin sonst?

Zunächst einmal weg mit dem 38er. Rein in das Geheimfach, Boden drauf, Karten drüber, Pultdeckel zu. Fotos in die Kladde, Kladde vorne in den Hosenbund. Okay. Und nun?

Eine Etage tiefer hob Gezeter an. Pitter. Befehle wurden gebrüllt. Matern. Getrampel auf der Holzplanke. Ich riskierte einen Blick. Verstärkung in Form von zwei Schupos trabte an.

Ich kroch zur anderen Tür des Ruderhauses. Sie ließ sich problemlos öffnen. Vorsichtig, leise und trotzdem schnell huschte ich hinaus und die Backbordtreppe hinunter. Ein kurzer Blick um die Ecke. Freie Bahn.

Dann hatte ich eine Idee. Raus aus der Lederjacke, den Pullover über den Kopf und über die Reling mit ihm. Hellblau, wie er war, leuchtete er kräftig in dem brackigen Hafenwasser.

Zwei, drei Sätze brachten mich an den Rand des achteren Laderaums. Nirgendwo eine Leiter. Drei Meter tiefer eine schwarze Plane. Wer garantierte, daß unter der Plane Sand und nicht etwa Bauschutt lag? Oder Nagelbretter für eine indische Fakirschule? Stimmen wurden lauter, kamen näher. Ich sprang.

Keine Nagelbretter, kein Bauschutt. Abgesehen von dem erneut pochenden Knöchel eine schmerzfreie Landung. Ich robbte bis an die Laderaumwand, hob das schwere, gummierte Tuch an und kroch darunter. Ein wenig einkuhlen, damit sich kein Buckel abzeichnete.

Durchschnaufen.

So sehr ich auch die Ohren spitzte, unter der Plane war es unmöglich mitzubekommen, was sich auf dem Bootsdeck tat. Ich rechnete. Zehn Minuten, bis sie Pitter abgeführt hätten. Eine halbe Stunde, bis die Spurensicherung an Bord wäre; ein bis zwei Stunden, bis die ihre Arbeit getan hätte. Währenddessen würden Froschmänner das Hafenbecken nach mir absuchen. Das hieß, für die nächsten drei Stunden saß ich hier unten fest.

Weich war der Sand. Ich wurde schläfrig. Meine Gedanken schweiften ab. Ohne den Gummigestank und die Finsternis wäre die Illusion perfekt gewesen. Picknick in der Möwendüne auf Norderney, im letzten Sommer. Belegte Brote, Apfelschnitze mit Zimt, Kaffee aus der Thermoskanne. Charlies Bild tauchte auf. Braungebrannt. Ihr getupfter Badeanzug. Zweiteilig, roter Grund, weiße Punkte. Die Haare zum Pferdeschwanz zusammengebunden. Nie war sie schöner gewesen.

Ich schalt mich einen sentimentalen Hund und rollte mich auf die Seite. Der Regen trommelte ein monotones Klagelied.

Ich schlief ein.

Nackt und bewegungsunfähig lag ich auf einem Nagelbrett. Ein Mann in einem Lodenmantel lief im Kreis um mich herum. Er war groß, unwirklich groß. Sein Gesicht wurde von einer weißen Maske verdeckt. Einer Totenmaske.

Er lachte höhnisch hinter seiner Maske. Höhnisch, weil ich mich nicht bewegen, mich nicht wehren konnte. Weil ich ihm ausgeliefert war.

Der Mann war nicht allein. Er hatte dressierte Ratten dabei. Riesige, fette Ratten mit glühenden Augen, fürchterlichen Gebissen und ellenlangen Schwänzen. Immer wieder scheuchte er sie über meinen nackten Körper. Pfoten krallten sich in mein Fleisch, Zähne schnappten nach mir, Schwänze wischten mir durchs Gesicht. Verzweifelt versuchte ich, nach ihnen zu schlagen, aber meine Arme waren schwer und ungelenk wie Baukräne.

Plötzlich verstummte das Lachen, und der Mann gab einen Befehl. Die Ratten zogen sich sofort zurück – bis auf eine. Die größte.

Ein zweites Kommando. Die Riesenratte sprang auf meinen Bauch. Unter ihrem Gewicht bohrten sich die Nägel tief in meinen Rücken. Aufmerksam wie ein Hund beobachtete sie den Mann, der jetzt hinter mir stand. Der Mann ließ sich Zeit. Viel Zeit. Dann schnipste er mit den Fingern. Die Ratte grinste – und schlug ihre Zähne in meine Eingeweide.

Ich wollte schreien, schreien, schreien, aber der Mann in dem Lodenmantel hielt mir den Mund zu. Während die Ratte mir die Innereien herausriß, erstickte ich an meinem eigenen Schrei.

Schweißgebadet wachte ich auf. Zwei leuchtend grüne Augen starrten mich aus nächster Nähe an.

Was sich in den folgenden Sekunden abspielte, weiß ich nicht mehr, wußte ich nie. Eine Sperre, vielleicht auch Gottes Gnade, ließ nicht zu, daß dieses Ereignis in meinem Gehirn Fuß fassen konnte. Dafür bin ich aufrichtig dankbar.

Als ich kurze Zeit später wieder bei Sinnen war, saß ich zitternd und keuchend in einer Ecke des Laderaums. Die Finger unnatürlich verkrampft. Haare, Nasenlöcher, Mund und Ohren voller Sand, halb taub von meinem eigenen Gebrüll. Zu meinen Füßen eine tote Ratte. Ich hatte sie förmlich in Stücke gerissen.

Auf dem Bootsdeck wurde herzhaft gelacht. Ein halbes Dutzend Uniformierter schüttete sich aus. Daneben Schmallenberg, der sich mit dem Hut auf die Schenkel schlug. Sie hatten aber auch die besten Plätze erwischt. Wie in einem Amphitheater, erster Rang.

Etwas abseits stand Matern, die Hände in den Manteltaschen vergraben. Er beließ es bei einem Lächeln.

Dem Lächeln eines Triumphators.

ACHTZEHNTES KAPITEL

Dasselbe Büro, derselbe Stuhl, kurz vor Mittag.

»Ich höre«, sagte Matern.

»Wie schön für Sie«, sagte ich, steckte den kleinen Finger ins rechte Ohr und schüttelte die dazugehörige Hand auf und ab. »Ich höre nämlich überhaupt nichts.«

Offenbar hatte Matern seinen dünnhäutigen Tag, denn er wurde auf der Stelle krebsrot. »Kenschke!«

Der dickliche Wachtmeister, der bisher nasebohrend auf dem Stuhl neben der Tür gesessen hatte, schoß in die Höhe.

»Legen Sie ihm Handschellen an!«

»Jawohl, Herr Kommissar!«

»Ist das wirklich not-»

»Schnauze! Sonst lasse ich Ihnen auch noch Fußfesseln verpassen.«

Es machte zweimal »klick«, und die Armbänder saßen stramm. Kenschke ging wieder auf seinen Posten.

»Noch einmal von vorn, Saalbach«, sagte Matern scharf. »Sie erzählen mir jetzt bis ins kleinste Detail, was Sie gemacht haben, seit Sie dieses Büro vor knapp neun Stunden verlassen haben. Insbesondere, was sich auf der Marie-Luise zugetragen hat. Und unterstehen Sie sich, auch nur einen Punkt auszulassen.«

»Das meiste haben Ihnen wahrscheinlich schon Schmallenberg und Köster erzählt. Die beiden waren mir ja fast die ganze Zeit auf den Fersen.«

Der Blick, den Matern dem Sauerländer zuwarf, war pures Gift.

»Aber«, fügte ich gerade noch rechtzeitig hinzu, »ich kann es Ihnen gerne noch einmal aus meiner Sicht schildern.«

Also berichtete ich, was ich mit Neun-Finger-Harry und Gold-Pitter erlebt hatte, wobei ich alle dramatischen Vorkommnisse aussparte. Speziell die Waffen ließ ich unerwähnt. Matern lauschte schweigend, schien sich jedoch passagenweise zu langweilen und ließ es einen Bleistift büßen, den er so fest bog, daß er durchbrach.

»Verraten Sie mir, was Sie dazu bewogen hat, ausgerechnet Harry Reulen aufzusuchen?« fragte er.

»Bei meinem letzten Besuch hatte ich den Eindruck, daß Sie

wild entschlossen waren, mir den Mord an der Bardame anzuhängen«, sagte ich. »Daher schien mir ein bißchen Eigeninitiative angebracht.«

»Damit ist meine Frage nicht beantwortet.«

»Reulen ist der Inhaber der Ha-Mo-Bar. Und er verkehrt im Deutz-Kalker Bad.«

»Sie dachten also, er habe Ihnen womöglich den Gürtel entwendet?«

»Sie kombinieren wie ich, Herr Kommissar. Kompliment.« Ich streckte meine Hände vor. »Wie wär's?«

Keinerlei Reaktion. Genausogut hätte ich ihn um ein Schäferstündchen bitten können.

»Hat sich Ihr Verdacht bestätigt?« fragte er stereotyp.

»Das habe ich Ihnen doch schon gesagt. Keine Spur. Reulen war selbst erschüttert über den Tod seiner Angestellten.«

»Mir kommen gleich die Tränen.«

Das Telefon klingelte. Matern hob ab, brüllte »Jetzt nicht!« und legte wieder auf.

»Aber er hat Ihnen gesagt, daß Frau Möbbich mit Herrn Pinnschik liiert war?«

»Auch das hatten wir schon.«

»Ich höre es gerne zweimal«, sagte Matern.

Also kauten wir den Brei noch einmal. Bis zum letzten Löffel. Er schmeckte wie zuvor. Danach war jeder eine zeitlang mit sich selbst beschäftigt. Matern spielte mit dem Drehverschluß seines Tintenfaßes, Schmallenberg rührte seinen Kaffee schwindelig und Kenschke hatte das Nasenloch gewechselt. Ich kam mir überflüssig vor.

Schließlich war es Matern, der einen neuen Anfang machte. »Wir haben den begründeten Verdacht, daß Frau Möbbich sich keineswegs darauf beschränkt hat, die Gäste in der Bar zu verwöhnen. Vielmehr hat sie interessierte Herren mit nach Hause genommen und war ihnen dort zu Diensten. Wenn Sie verstehen, was ich meine. Dabei wurden Fotos gemacht.«

Ich war fassungslos. »Fotos? Sie meinen ...«

Sein anhaltendes Kopfnicken mit geschlossenen Augen hatte er sich von einem Lehrer abgeguckt, dessen dümmster Schüler drauf und dran ist, den Neckar als rechtsrheinischen Nebenfluß zu bestimmen. »Ganz genau. Fotos der besonderen Art. Material für Erpressungen.«

»Das ist ja ein Hammer!«

»Nicht wahr?« Sich mit den Unterarmen auf dem Schreibtisch aufstützend, beugte er sich vor. »Hat Lieselotte Möbbich auch Sie erpreßt?«

Ich deutete mit dem Kopf zur Seite. »Haben Sie etwas dagegen, wenn Schmallenberg mir eine Zigarette spendiert?«

»Dazu hätten Sie in einem Hotel mit Zimmerservice buchen müssen«, sagte Matern schneidend. »Beantworten Sie meine Frage.«

Ich seufzte. »Sie wissen doch genau, daß ich die Frau nicht kannte.«

»Sie war Ihnen also so unbekannt wie Ferdi Pinnschik?«

»Mindestens.«

»Und die Wohnung in der Cranachstraße 24 haben Sie nie betreten?«

»Nein.«

»Sie wußten also nur von der Marie-Luise?«

»Meine Güte!« Langsam reichte es mir. »Hören Sie eigentlich nie zu, wenn ich –»

»Wo sind die Fotos?«

Irgendwo im Sand unter der Plane im Laderaum. Verloren bei dem Kampf mit dem Untier. Das sagte ich ihm natürlich nicht. Statt dessen fragte ich: »Denken Sie etwa, daß ich sie habe?«

»Wer sonst?«

Ich schlug die Beine übereinander. »Wenn er nicht tot wäre, würde ich sagen: Fragen Sie Pinnschik.« Die folgenden Worte betonte ich einzeln. »Sofern diese Aufnahmen nicht ohnehin nur das Hirngespinst eines gewissen Kriminalkommissars sind.«

»Oh, keine Angst.« Matern hakte die Daumen in den Armlöchern seiner Weste ein. »Sie existieren. Die mittlere Tür von Frau Möbbichs Schlafzimmerschrank ist mit einem Guckloch versehen. Im Schrank haben wir einen Stuhl, ein Kamerastativ und eine Rolleiflex gefunden. Reicht Ihnen das?«

»Das läßt allerdings einen gewissen Schluß zu.«

»Also, wo sind die Aufnahmen?«

Ich verdrehte die Augen und stöhnte.

Matern beugte sich erneut vor. »Sie haben recht, Saalbach. Vergessen wir die Fotos. Sie wären ohnehin nur das Tüpfelchen auf dem i gewesen.« Es folgte ein langer, ruhiger Blick, der mir gar nicht gefiel. »Wo waren Sie am Donnerstag, dem 31. Januar, um kurz vor ein Uhr morgens?«

»Jetzt kommt das schon wieder. Haben Sie vergessen, mein Alibi zu überprüfen?«

»Keineswegs. Frau ...«. Er konsultierte einen Zettel, der unter dem Telefon klemmte. »Da ist sie ja. Frau Samantha Riley – ich hoffe, ich spreche den Namen richtig aus?«

»Perfekt.«

»Danke. Also, Frau Riley hat Ihre Angaben bestätigt. Das Problem ist nur ...« Er lächelte.

»Ja?«

»Sie lügt.«

»Haben Sie ihren Puls gefühlt, während Sie sie befragt haben?«

Normalerweise hätte ihn eine solche Bemerkung unter die Decke gehen lassen. Aber nichts dergleichen passierte. Er lächelte einfach weiter. In mir kroch so etwas wie Angst hoch.

»Geben Sie auf, Saalbach. Wir haben eine Zeugin, die Sie zur fraglichen Zeit am Tatort gesehen hat. Was sagen Sie nun?«

Also doch. Scheiße!

Laut sagte ich: »Das ist ein billiger Bluff.«

»Wenn Sie meinen ... Kenschke!«

Diesmal schaffte es der Wachtmeister, seinen Stuhl umzuwerfen. Aber auch das konnte Materns Heiterkeit nichts anhaben.

»Führen Sie die Dame herein.«

»Jawohl, Herr Kommissar!«

Tür auf, Tür zu. Fünf Sekunden. Zehn Sekunden. Ewigkeiten. Ewigkeiten, in denen Matern mir den kalten Schweiß auf die Stirn lächelte. Gerade, als ich beschlossen hatte, in Ohnmacht zu fallen, tauchte Kenschke wieder auf.

»Bitte schön!« sagte er.

»Danke sehr, Herr Wachtmeister!«

Eine völlig fremde Frauenstimme, Originalton Henne.

Ich blickte zur Tür.

Ihre Handtasche mit beiden Händen vor sich hinhaltend, tänzelte eine kleine dralle Fünfzigjährige in einem grausam enggeschnittenen, braunen Jerseykostüm herein. Rosiger Teint, ein spitzes Mündchen und zwei Äuglein, die in ihren Speckbetten hin und her huschten. Ein leicht schrägsitzender Hut verlieh ihr soviel Verwegenheit wie ein Gläschen Eierlikör zum Kaffee. Kaum bemerkte sie, daß alle Blicke auf sie gerichtet waren, errötete sie wie ein Backfisch beim ersten Rendezvous.

Matern erhob sich und lud sie mit ausgestrecktem Arm ein. »Darf ich Sie bitten, gnädige Frau?«

Zwei Sidesteps, garniert mit einem unsicheren Lächeln, brachten sie an seine Seite. Samt Hut reichte sie im gerade bis unter die Achseln.

»Wären Sie so freundlich«, sagte Matern, »uns kurz mitzuteilen, was Sie am 31. Januar gegen ein Uhr früh getan haben?«

Sie zögerte.

»Nur Mut«, sagte Matern väterlich.

»Der Waldi mußte mal raus.«

»Waldi ist Ihr Hund, nicht wahr?«

Ihr Blick hing an seinen Lippen. »Ja.«

»Sagen Sie uns bitte, wo Sie Ihren Hund ausgeführt haben.«

Ein Wispern.

»Etwas lauter, bitte.«

»In der Cranachstraße.«

»Ist Ihnen dabei etwas aufgefallen?«

»Ja.« Dazu nickte sie.

»Was ist Ihnen aufgefallen?«

»Ein Mann«, sagte sie furchtsam.

»Was tat der besagte Mann?«

»Er ging in die 24.«

»Hätten Sie die Freundlichkeit, uns den Mann zu zeigen, den Sie in jener Nacht das Haus Nummer 24 betreten gesehen haben?« Materns Jovialität war unerträglich. »Sofern er sich hier im Raum befindet«, hängte er süffisant lächelnd an.

»Das ist unfair«, sagte ich.

»Halten Sie den Mund!« brüllte Matern mich an. So laut, daß die kleine Dicke zusammenfuhr und hinter ihrer cremefarbenen Handtasche in Deckung ging. »Lassen Sie sich nicht irritieren, gnädige Frau. Deuten Sie einfach auf den Mann, den Sie gesehen haben.«

Sie ließ sich Zeit. Studierte mich, studierte Schmallenberg. Dann wieder mich. Dann wieder Schmallenberg. Ihn länger als mich. Er wurde schon nervös und scharrte mit den Füßen.

Nun ja, vermutlich hockte die Dralle jeden Mittwoch um 20 Uhr 25 vor dem Fernseher, Block und Bleistift zur Hand, und ließ sich von Schmallenbergs Ebenbild Clemens Wilmenrod zu Tisch bitten. Aber schließlich sah sie sogar Matern an.

»Gütiger Himmel!« entfuhr es ihm. »Wozu schauen sie mich denn an? Sie sollen doch nur auf den Mann zeigen, den Sie gesehen haben.«

Auf den Zehenspitzen stehend flüsterte sie ihm etwas zu.

»Was?!« Matern richtete sich abrupt auf. »Sind Sie sicher?«

Die Dicke nickte zaghaft.

»Das ist doch unmöglich!« Er wies auf mich. »Betrachten Sie sich diesen Mann doch noch einmal ganz genau. Gehen Sie näher ran. Keine Angst, er kann Ihnen nichts anhaben.«

Die Dicke rückte zehn Zentimeter vor, das Täschchen vor der üppigen Brust, und beäugte mich wie einen Marienkäfer mit Segelohren.

»Nein«, sagte sie leise, aber bestimmt. »Dieser Mann war es auf keinen Fall.«

Fichtennadelduft und Zigarettenqualm. Ich lag in der Wanne im Souterrain, weichte mich ein, rauchte und blätterte im Stadt-Anzeiger. Ein letztes Bad, falls Charlie sich nicht doch noch einmal herumkriegen ließ.

Die Seite mit *Die Herz'schen Brillanten*, dem Bandwurmroman, den Charlie verschlang, legte ich auf den Boden, bevor sie naß werden konnte. Ebenso die Sonderseite mit den Berechnungstabellen für die neuen Renten nach der Reform. Ich hatte zwar nie geklebt, aber was nicht war ...

Auf Seite 14 kam schließlich, was ich suchte.

In den frühen Morgenstunden des Donnerstag wurde ein Streifenwagen zu einer Wohnung in der Cranachstraße in Nippes gerufen, in der eine 24jährige Frau leblos aufgefunden wurde. Zur Identität der Toten und zur Todesursache wollte die Polizei noch keine Angaben machen. Vorsorglich hat jedoch das Erste Kommissariat die Ermittlungen übernommen.

Sehr aufschlußreich. Das konnte genauso gut heißen, daß sich eine leichtfertige Hausfrau mit aufgewärmtem Spinat vergiftet hatte. Also hatte Matern eine Nachrichtensperre verhängt.

Ich blätterte um. Mitten in einem Artikel über Bodo Glaub, den Kölner Besteckkönig, der in der laufenden Session Ihre Lieblichkeit die Jungfrau mimte, befand sich ein Schnappschuß vom Sylvesterball der Roten Funken. Und wen entdeckte ich da zwischen all den Honoratioren? Niemand anderes als Claudius Leyendecker, Sibylles Vater. Ein Mariechen im Arm, eingerahmt von Glaub und dem Bauderzernenten der Stadt, stand er mal wieder genau da, wo er sich am wohlsten fühlte: Mitten im Klüngel. Eine dicke Havanna zwischen den Zähnen. Feist grinsend, als hätte er sich gerade mal wieder den Zuschlag für ein öffentliches Bauvorhaben gesichert, dessen Ausschreibung noch lief.

Ohne anzuklopfen, kam Charlie herein. »Hier, ein Badetuch.« Und dann: »Ich dachte, du hättest das Rauchen aufgegeben.«

»Das ist eine lange, furchtbar traurige Geschichte.«

»Alle deine Geschichten sind lang und furchtbar traurig.«

»Hast du Lust, mir die Haare zu waschen?« fragte ich und machte ein Bitte-bitte-Gesicht.

Sie zögerte.

»Um der alten Zeiten willen«, sagte ich.

Widerstrebend gab sie nach. »Mach aber die Zigarette aus.«

Ich tunkte sie kurz ein und warf den nassen Stummel ins Klobecken.

»Du bist ein Ferkel«, sagte Charlie und nahm mir die Zeitung aus der Hand.

»Mein Vater nannte so etwas immer: praktisch veranlagt.«

Sie griff nach Handtuch und Shampoo und setzte sich auf den Wannenrand. Ihre Nähe war wie eine kühle Brise nach einem heißen Tag.

»Was hast du angestellt? Deine Haare sind voller Sand.«

»Das ist schon wieder so eine Geschichte«, sagte ich. »Wie läuft das Geschäft?«

»Für's Wochenende sind wir – ist das Hotel ausgebucht. Eine holländische Reisegruppe.«

»Dann paß auf, daß die nicht wieder das gesamte Klopapier klauen. Au, nicht so fest!«

»Zappel nicht so, dann tut es auch nicht weh.« Sie massierte weiter. »Erzähl, wie ist es gelaufen? Kannst du dich wieder erinnern?«

Ich lieferte ihr eine stark geraffte Fassung dessen, was sich seit unserer Begegnung in Tonis Wohnung am Vorabend ereignet hatte. Als ich den Toten auf der Marie-Luise erwähnte, rutschte sie beinahe in die Wanne.

»Mein Gott!« sagte sie entsetzt. »Noch ein Mord? Wer tut so etwas? Ein Irrer?«

»Wohl kaum. Eher ein Mann, der sehr nüchtern kalkuliert.«

»Und der dir immer einen Schritt voraus ist. Hast du wenigstens diesmal die Kripo verständigt?«

»Das war nicht nötig. Sie wußte es schon.«

»Wieder anonym?«

»Ja.«

»Derselbe Anrufer?«

»Vermutlich.«

Charlie kniff die Augen zusammen. »Wer haßt dich nur so sehr, daß er immer wieder versucht, dir seine Verbrechen anzuhängen?«

»Wenn ich das wüßte.«

Sie machte sich wieder an die Arbeit. Den Rest schilderte ich ausführlicher, wobei die Erinnerung an den gelungenen Auftritt der vermeintlichen Zeugin mich zum Lachen brachte.

»Du hättest Matern sehen sollen, als die Dicke sich standhaft weigerte, mich als den Mann zu identifizieren, den sie nachts gesehen hat. Ich dachte, er geht seinem Assistenten an die Gurgel.«

»Wieso seinem Assistenten?«

»Weil der die Zeugin angeschleppt hatte.«

Ich tauchte unter, spülte die Haare aus, und die Prozedur begann von vorne.

»Also bist du endgültig aus dem Schneider?« fragte Charlie.

»Nur für den Augenblick«, sagte ich. »Dank eines falschen und eines echten Alibis. Bleibt zu hoffen, daß die Kripo den Kerl bald findet. Sonst macht Matern mich doch noch zum Sündenbock.«

»Ich habe ja immer gesagt, eines Tages läßt er dich für deine Dreistigkeit büßen.«

»Ich und dreist?«

»Tu nicht so scheinheilig. Daß er dir deine Schmuggeleien nicht nachweisen konnte, hat er sich nie verziehen. Und dann gehst du hin und kaufst ausgerechnet das Haus neben dem Betrugsdezernat, um dort mit viel Aufwand ein Hotel einzurichten. Und das nennst du auch noch Schwarze Katze, wie den geschmuggelten Mokka. Wenn das keine Provokation ist, weiß ich es nicht.«

»Sag bloß, Materns dummes Gesicht war dir damals kein innerer Reichsparteitag?«

»Vergiß es.« Unvermittelt wechselte Charlie das Thema. »Toni war hier. Er wollte zweihundertvierzig Mark und hat gefragt, ob du seine Autoschlüssel eingesteckt hast.«

»Hast du ihm das Geld gegeben?«

»Ja. Was ist mit den Schlüsseln?«

»Sind in meiner Jacke. Hat er keine Ersatzschlüssel?«

»Doch. Aber er hat Angst, daß du sie verlierst, und eines Morgens zwei Wagen vor seinem Haus stehen.«

»War er sauer?«

»Nicht saurer als der andere Kerl, der hier war.«

»Wer?«

»Einen Namen hat er nicht genannt. Aber er hat versprochen wiederzukommen. Hörte sich wie eine Drohung an.«

»Hat er nicht gesagt, was er wollte?«

»Nein.«

»Wie sah er aus?«

»Mittelgroß, schlank, schwarze Haare, Pomade. Ein schmieriger Typ. Ach ja, ihm fehlte ein Finger. Sagt dir das was?«

»Allerdings. Das ist Reulen, der Besitzer der Ha-Mo, von dem ich dir erzählt habe. Er sucht vermutlich nur seinen Wagen. Der steht noch bei den Bullen am Waidmarkt. Übrigens – er ist Sibylles neuer Macker.«

Sie drehte meinen Kopf zu sich herum und beugte sich herab. »Sibylles Neuer? Der? Willst du mich verscheißern?«

Keine zehn Zentimeter trennten unsere Gesichter. Ich nutzte die Gelegenheit und küßte sie.

Sie zog sich zurück. »Laß das, Leo.«

»Warum?«

»Du weißt verdammt genau, warum.« Abrupt stand sie auf. »Das reicht. Spül dir die Haare aus.«

Als ich wieder auftauchte, war sie bereits halb durch die Tür.

»Ehe ich es vergesse«, sagte sie. »Dein falsches Alibi hat heute mehrfach angerufen. Du sollst dich umgehend bei ihr melden. Scheint dringend zu sein.«

»Wir müssen miteinander reden«, sagte ich so ruhig wie möglich.

Sie blickte zu Boden, als halte das Schachbrettmuster der Fliesen einen Ratschlag parat. Scheinbar tat es das.

»Das haben wir bereits. Es hat sich nichts geändert.« Und mit einem Ruck, wie aus einem Tagtraum erwachend, wandte sie sich ab. »Um sieben gibt es Essen.«

Ich blieb zurück. Allein, beklommen und bis zu den Schultern in lauwarmem, schmutzigem Wasser.

Als Charlie mich schon lange nicht mehr hören konnte, brüllte ich: »Dich brauche ich nicht! Dich nicht!«

ZWANZIGSTES KAPITEL

Punkt 15 Uhr 30 stand ich vor der Villa am Bayenthalgürtel und setzte Big Ben in Gang. Bis Samantha schließlich öffnete, verging eine kleine Ewigkeit. Diesmal trug sie einen silbergrauen, kragenlosen Satinanzug, weich wie flüssiges Aluminium. Sie hielt sich kerzengerade. Etwas zu gerade.

»Da sind Sie ja endlich«, sagte sie mit störrischer Zunge. »Kommen Sie herein.«

Im Salon brannte die Stehlampe mit dem bestickten Schirm. Eine Jagdszene. Samantha steuerte den Barwagen an und schwenkte die Karaffe mit dem Brandy. Ich hatte nichts dagegen.

Erst jetzt bemerkte ich, wie stark angeschlagen sie war. Bleich, die Frisur in Auflösung, von schweren Schatten belagerte Augen, Zuckungen in den Mundwinkeln. Sie stürzte ihren Doppelten hinunter und füllte den Schwenker sofort wieder auf.

»Ich habe mindestens zehnmal in Ihrem Hotel angerufen«, sagte sie. »Zuletzt wurde es mir richtig peinlich. Ihre Freundin hat bestimmt gedacht, ich wolle wer weiß was von Ihnen. Hat sie Ihnen keine Szene gemacht?«

»Sie ist Kummer gewöhnt.« Ich stellte mein Glas auf den Beistelltisch. »Tut mir leid, daß ich nicht früher kommen konnte. Ich war die ganze Zeit unterwegs, um meine Gedächtnislücke zu füllen.«

»Mit Erfolg?«

»Teils, teils. Darf ich?«

»Selbstverständlich.« Ein verkrampftes Lächeln, eine fahrige Geste. »Ich bin unaufmerksam. Entschuldigen Sie.«

Das Ebenholzkästchen enthielt lagenweise Player's Navy Cut, Cecils Marke. Während ich bis zu meinen Socken inhalierte, schenkte Samantha sich schon wieder nach. Ich wußte, sie konnte einen Stiefel vertragen, aber was sie hier veranstaltete, hatte nichts mehr mit Trinken zu tun. Das war gezielte Betäubung.

»Ist alles in Ordnung?« fragte ich.

Wieder spielte dieses kranke Lächeln mit ihren Lippen. »Natürlich«, sagte sie. »Bestens. Heute morgen war die Kriminalpolizei hier. Ein Kommissar Mackern.«

»Matern.«

»Kann sein. Ich habe Ihr Alibi bestätigt.«

»Verbindlichsten Dank.«

»Bilden Sie sich nur nichts ein.« Ihr Blick wurde stumpf. »Ich habe es für meinen Bruder getan.«

Der Aschenbecher war aus Onyx, schwarz-weiß gebändert. Ich benutzte ihn und sagte: »Er ist endgültig außer Verdacht.« Keine Reaktion.

»Haben Sie verstanden, was ich gesagt habe?«

»Cecil ist außer Verdacht«, leierte sie und starrte apathisch in ihr Glas.

»Wollen Sie nicht wissen, wieso?«

»Doch.«

Also schilderte ich, was sich seit dem Vortag zugetragen hatte. Aber Samanthas Interesse blieb vage. Erst als ich auf Pinnschiks Ableben zu sprechen kam, reagierte sie. Das gewaltsame Ende des kleinen Mannes entzog ihrem Gesicht auch noch den letzten Rest an Farbe.

»Erschossen?«

»Leider. So schrecklich das ist, aber die Ermordung dieses Mannes entlastet Ihren Bruder.«

»Entlastet ihn?«

»Ja. Beide Morde wurden mit größter Wahrscheinlichkeit von ein und demselben Täter begangen. Und für die Tatzeit des zweiten Mordes hat Cecil ein einwandfreies Alibi.«

Statt Erleichterung Wetterleuchten in Samanthas Augen und bebende Lippen. Mit beiden Händen führte sie den Schwenker zum Mund. »Ein Alibi?«

»Er ist doch in England.«

Klirrend schlug das Glas vor ihre Zähne, entglitt ihrem Griff, fiel zu Boden und zerbrach. Anfallartig krümmte sie sich.

Mit einem Satz war ich bei ihr, ging in die Hocke, faßte sie an den Schultern. »Um Himmels Willen, Samantha! Was haben Sie?«

In Zeitlupe hob sie den Kopf.

»Cecil … Cecil ist der Mörder«, sagte sie.

»Was reden Sie denn da?«

»Er ist der Mörder!« schrie sie.

»Ich bin nicht taub! Hat er Sie angerufen? Haben Sie mit ihm gesprochen?«

Sie schüttelte den Kopf, sackte zusammen. Wie ein Vorhang fielen die kastanienbraunen Haare vor ihr Gesicht. Dahinter murmelte sie: »Er ist verschwunden.«

»Was soll das heißen?«

»Er ist nie in Tunbridge Wells angekommen.«

In der Küche fand ich eine halbvolle Dose Nescafé-Extrakt. Eine Tasse, drei Löffel Pulver, heißes Wasser und viel Zucker. Ich ging zurück in den Salon. Samantha lag auf dem Sofa, bedeckte ihre Augen mit dem Handrücken und atmete, als säße ein bleierner Geier auf ihrer Brust. Den Brandy hatte ich ihrem Zugriff entzogen.

»Hier«, sagte ich. »Trinken Sie das.«

Mühselig drehte sie sich auf die Seite, stützte sich auf den Ellbogen, pustete und schlürfte.

Ich ließ ihr Zeit. Sie trank in kleinen Schlucken. Ganz langsam entspannten sich ihre Gesichtszüge, und der trübe Schleier vor ihren Augen löste sich auf.

Als ich gerade Läuse an der Fuchsie diagnostizierte, sagte sie: »Sie kamen kurz vor Mittag. Zu zweit. Trenchcoat, Schlapphut. Wie im Film. Ich habe mir ihre Ausweise zeigen lassen. Sie waren echt.«

Ich verstand nicht ganz. »Von wem sprechen Sie?«

»MI5.«

Automatisch senkte ich die Stimme. »Geheimdienst?«

»Spionageabwehr.«

»Was in aller Welt hat Cecil mit der Spionageabwehr zu schaffen?«

»Seit ihnen mit Burgess und Maclean zwei Agenten nach Moskau abgehauen sind, sind sie geradezu hysterisch. Wittern hinter jeder Unregelmäßigkeit gleich Verrat. Selbst bei Leuten, die so lange dazugehören wie Cecil.« Ein Seufzer. »Nur, daß ich es besser weiß.«

Ich glaubte nicht, was ich hörte. »Soll das etwa heißen, Cecil arbeitet für den britischen Geheimdienst?«

Sie schickte einen vielsagenden Blick über den Rand der Tasse. »Er hat Ihnen nie davon erzählt, nicht wahr?«

»Ich denke, er ist Kulturattache!«

»Ja.« Sie leerte die Tasse. »Das auch.«

Cecil, dieses sinnenfrohe Faultier, ein Agent? Dieser stets modisch gekleidete Lebemann im gleichen obskuren Milieu wie Oberst Redl, Mata Hari, Richard Sorge, die Rosenbergs und Otto John? Seit der Entdeckung – damals war ich fünf – daß der Weihnachtsmann die gleichen Schuhe und Socken wie mein Vater trug, hatte mich nichts mehr derart aus der Fassung gebracht. Doch – als ich herausfand, daß auch U-Boote sinken können.

»Erzählen Sie mir alles, Samantha.«

Es kostete sie sichtlich Überwindung. »Nun gut. Auch wenn ich damit gegen sämtliche Geheimhaltungsgesetze verstoßen sollte, die mein Vaterland je erlassen hat. Aber schließlich sind Sie ja in den Fall verwickelt.«

Eine Zigarette machte es ihr leichter. »Die Beiden haben mir zunächst einen Haufen Fragen gestellt, mit denen ich nichts anfangen konnte. Über Cecils privaten Umgang, ob er Schulden habe und so weiter. Schließlich wurde es mir zu bunt, und ich habe darauf bestanden, den Grund für ihr Verhör zu erfahren. Da haben sie mir gesagt, Cecil sei nach der Landung in London spurlos verschwunden.«

Ich schob den Aschenbecher in ihre Reichweite.

Sie fuhr fort. »Von Gatwick hat er sich in die City fahren lassen. Angeblich wollte er bei Harrod's irgendetwas besorgen. Nach Aussage des Fahrers betrat er das Kaufhaus, kam aber nicht wieder heraus.«

»Ihm könnte schlecht geworden sein«, war das erstbeste, das mir einfiel. »Immerhin hatte er am Vorabend kräftig gebechert. Oder er hatte einen Unfall. Hat man in den Krankenhäusern nachgefragt?«

Samanthas Blick war der einer Mutter, die liebevoll den aufrichtigen, aber völlig untauglichen Tröstungsversuchs ihres Sprößlings bedenkt. »Etwas in der Art hatte ich auch gehofft – so herzlos sich das auch anhören mag. Aber diese Illusion hat sich schnell in Luft aufgelöst. Der Service war heute morgen in unserer Wohnung in Chelsea. Im Papierkorb lag eine Eilboten-Nachricht von Sir Cedric, dem Vermögensverwalter unserer Familie. Die von Cecil gewünschte, sofortige Auflösung seines Kontos sei erfolgt. Er könne sein Geld umgehend abholen.«

»Wann hat Cecil das verfügt?«

»Gestern früh. Er muß vor seiner Abreise von hier aus mit Sir Cedric telefoniert haben.«

»Und?«

»Was und?«

»Hat er es abgeholt?«

»Gestern Abend.«

»Einen größeren Betrag?«

»Etwas über vierzigtausend Pfund. Sein gesamtes Vermögen.«

In Mark war das fast eine halbe Million.

Mir wurde heiß. Mein Gehirn schlug Purzelbäume. Wilde Überlegungen. Im Akkord produzierte ich harmlose Erklärungen für Cecils Verhalten – Weibergeschichten, Spielschulden, plötzliche Geschäfte –, nur um sie umgehend wieder zu verwerfen. Sinnlos. Die Fakten lagen auf dem Tisch. Und fatalerweise paßten alle Indizien wie die Steine eines Puzzles zusammen. Ich stöhnte lauthals.

Samantha sagte: »Wie die Wahl zwischen Pest und Cholera, nicht wahr? Entweder er ist ein russischer Spion oder ein Doppelmörder.«

»Wobei Sie sich schon festgelegt haben.«

Ihr gesenkter Blick war Bestätigung genug.

»Trauen Sie Ihrem Bruder das wirklich zu?«

»Wäre es Ihnen lieber, er wäre ein Vaterlandsverräter?«

»Sein Land ist nicht mein Land.«

»Aber meins!« Samanthas Gesicht war ein einziger Krampf. »Oh, verdammt!« Dann heulte sie los. Leise und voller Kummer.

Um nicht untätig herumzusitzen, glättete ich die Fransen des Shirdi-Täbris mit den Schuhspitzen. Blieb noch eine Frage.

»Besitzt Cecil einen Lodenmantel?«

Samantha unterbrach ihr Schneuzen. »Wie bitte?«

»Ob er einen Lodenmantel besitzt.«

»Warum fragen Sie das?«

Ich sagte es ihr. Bereits nach wenigen Worten konnte ich die Antwort in ihren haselnußbraunen Augen lesen.

»Wo ist der Mantel?« fragte ich leise.

»Er hat ihn mitgenommen.«

»Sicher?«

»Ich habe ihn selbst eingepackt.«

»Fehlte ein Knopf?«

Sie hatte nicht darauf geachtet.

»Wissen Sie denn, wo Ihr Bruder den Mantel gekauft hat?«

»In diesem Geschäft für Jagdartikel in der Krebsgasse.« Sie schniefte. »Ich vergesse den Namen immer wieder.«

Die Dämmerung kroch über die Stadt. Mit völlig leerem Kopf, losgelöst von Ort und Zeit, fuhr ich am Rheinufer flußabwärts. Erst als der 30 Meter hohe Pylon der Seilschwebebahn, die man eigens für die Bundesgartenschau im April gebaut hatte, wie ein mahnender Finger hinter den kahlen Linden der Uferpromenade auftauchte, bekam ich wieder einen klaren Kopf. Ich schüttelte mich, wendete, fuhr zurück zur Bastei und bog rechts ab. Der Porsche brauchte Treibstoff.

»Habt ihr die Preise schon wieder erhöht?« fragte ich Willi, der die Aral-Tankstelle an der Riehler Straße Ecke Sedanstraße gepachtet hatte.

»Wieso?« Mit dem ölverschmierten Handrücken verpaßte er sich eine Kriegsbemalung auf der Stirn. »73 Pfennig, wie letzte Woche.«

»Letzte Woche hab ich 72 bezahlt.«

»Der Liter Super kostet 73, Jeck! Seit dem 21sten. Außerdem, was soll das Gemecker? Einen Porsche fahren und dann wegen den Spritpreisen maulen. Das hab ich gern. Ich muß schließlich auch von was leben.«

»Ich will ja nur nicht, daß dir der Reichtum zu Kopf steigt.«

»Reichtum? Pah!« Er spie aus. »Soll ich die Scheibe wischen?«

»Nicht nötig. Ich fahr nur um die Ecke. Nach Hause.«

»Sie hätte es aber nötig.«

»Ich kenn den Weg.«

Er schob die Zapfpistole zurück in die Säule. Den Tankdeckel schraubte ich selbst auf.

»Übrigens«, sagte Willi und wischte sich die Hände an einem unbeschreiblichen Putzlappen ab, »der Hussels tanzt seit 'ner Weile da vorn auf der Straße rum.«

»Wo?«

»Vor dem Reichensperger Platz. Sieht so aus, als wolle er partout der erste sein, der sieht, wenn die Russen einmarschieren.«

Ich schlug die Haube zu. »Bist du sicher, daß es unser Hussels ist?«

Er deutete auf seine Habichtsnase. »Wer so einen Zinken hat, der hat auch entsprechende Augen. Soll ich anschreiben?«

»Ich bitte darum.«

Auf Willis Augen war tatsächlich Verlaß. Bereits von der Einmündung der Belfortstraße aus sah ich unseren Jupp. Von einem Bein auf das andere hüpfend, die Hände in den Jackentaschen vergraben, ruckte er mit dem Kopf hin und her, als verfolge er ein Tennismatch. Gerade als ich zum Reichensperger Platz hin abbiegen wollte, entdeckte er auch mich. Wild fuchtelnd stürmte er über die Gegenfahrbahn und entging nur knapp einem Fiat, dessen Fahrer erst dreißig Meter weiter den Hupring fand.

Ich stoppte auf den Schienen und kurbelte die Scheibe runter. »Spinnst du? Der Wagen hätte dich fast erwischt.«

»Scheiße, Chef!« Sein Falsett kam stoßweise. »Sie müssen abhauen!«

»Abhauen? Wieso?«

»Bullen. Überall Bullen.«

»Im Hotel?«

Er nickte wild. »Durchsuchen alles.«

»Steig erst einmal ein«, sagte ich und lehnte mich zur Beifahrertür hinüber.

»Geht nicht«, sagte Jupp hastig und warf einen Blick über die Schulter. »Die Chefin hat gesagt, ich soll sofort zurückkommen, wenn ich Ihnen die Nachricht übermittelt habe.«

Ich legte den Gang wieder ein. »Das hast du ja nun.«

»Nein!« rief er.

»Was denn noch?«

Mit einer Verschwörermiene aus der Klamottenkiste des Films beugte er sich herab und blies mir Kräuterschnapsatem ins Gesicht.

»Sie sollen am Tanzbrunnen warten«, flüsterte er. »Die Chefin kommt, sobald sie kann.«

»Ist das jetzt alles?«

»Ja.«

»Was ist denn passiert?«

»Weiß ich nicht. Sagt Ihnen die Chefin alles selbst.« Damit drehte er sich um und lief zurück.

Ich ließ die Kupplung kommen, schaltete die Scheinwerfer ein und hielt mich an die Geschwindigkeitsbegrenzung.

Den Wagen stellte ich am Rheinischen Museum ab, in dem zu Urzeiten die Deutzer Kürassiere kaserniert waren. Hinter den dunklen Scheiben hatten vor Jahresfrist gut bewacht die hundertvierzig Picassos – inklusive Guernica – geschlummert. Seit ich die Ausstellung damals mit Charlie besucht hatte, kannte meine Bewunderung für den kleinen Spanier keine Grenzen.

Unter der Hohenzollernbrücke hindurch, über die die Abendzüge ratterten, und an der Messe mit ihrem 4711-Turm vorbei spazierte ich zum Tanzbrunnen. Außer einem Ehepaar mit einem Pudel, der ein kariertes Leibchen trug, begegnete mir niemand. Die Fontänen waren abgestellt. Nur das Knirschen des Kieses unter meinen Sohlen und das monotone Stampfen eines Schleppers auf dem Strom störten die Stille.

Eine Melodie kam mir in den Sinn. Ich lehnte mich an das Geländer des Stegs zur Tanzinsel, rauchte und summte. Erst nach einer Weile wurde mir bewußt, was ich da angestimmt hatte. *Pledging my love* von Johnny Ace – untrennbar verbunden mit dem tragikomischen Abgang des Interpreten.

Um einer Verehrerin zu imponieren, hatte Ace im Dezember 54 vor einem Konzert hinter der Bühne Russisch Roulette gespielt. Pechvogel, der er war, pustete er sich dabei das Hirn aus dem Kopf. Der Fan fiel in Ohnmacht, das Konzert fiel aus. Im Monat darauf stürmte *Pledging my love* die Amerikanische Hitparade.

Sterben, um unsterblich zu werden. Die Liste derer, die es so geschafft hatten, war lang. Ich ging sie durch und war erst bei van Gogh, als sich Schritte vom Querweg her näherten.

Stöckelschuhe. Dunkler Regenmantel. Wespentaille. Charlie. Sie blickte sich mehrfach um.

»Ist dir jemand gefolgt?« fragte ich.

»Ich glaube nicht. Ich bin hinten raus und allerlei Umwege gefahren.«

»Hinten raus, über die Mauer?«

»Ja. Wieso?«

Ich grinste. »Das hätte ich gerne gesehen.«

»Sehr komisch. Wartest du schon lange?«

»Nicht der Rede wert.« Ich trat die Zigarette aus. »Ich hab mir die Zeit mit Erinnerungen vertrieben.«

»Angenehme, hoffe ich«, sagte sie und schien es auf der Stelle zu bereuen.

Ohne darauf einzugehen, stieß ich mich vom Geländer ab. »Laß uns ein paar Schritte gehen.«

Wir wandten uns in Richtung Fluß.

Nach einigen Metern sagte sie: »Ein Mann, schätzungsweise Mitte fünfzig, in etwa deine Größe, Hakennase, aristokratischer Typ, gutgeschnittene Garderobe. Was sagt dir der?«

»Nichts. Warum?«

Sie atmete tief durch. »Das ist der, der dich fertigmachen will.«

Ich blieb wie angewurzelt stehen. Die Beschreibung paßte so wenig auf Cecil wie auf Ludwig Erhardt. »Das mußt du erklären.«

»Also gut, der Reihe nach.« Sie schlug den Mantelkragen hoch. »Du warst kaum aus dem Haus, als der besagte Mensch auftauchte und ein Zimmer verlangte. Ich war im Büro, Jupp war im Keller, Marie hat die Rezeption gemacht. Sie hat ihm 31 gegeben. Eine Viertelstunde später hat sie geklopft, um ihm frische Handtücher zu bringen. Da stand die Tür offen, der Schlüssel lag auf der Nachtkonsole und der Kerl war verschwunden.«

»Hat er wenigstens vorab bezahlt?«

»Ich wußte, daß das das erste sein würde, wonach du fragst! Ja, er hat. Gleich für drei Tage im voraus. Marie hatte darauf bestanden, weil er kein Gepäck hatte.«

»Ein Adelsmann ohne Gepäck. Hm. Das ist allerdings mehr als verdächtig. Erzähl weiter.«

»Zunächst hat sie sich nichts weiter dabei gedacht, außer, daß es sich um einen Spinner mit zuviel Geld handeln müsse. Außerdem war genug zu tun, also hat sie mir erst einmal nichts davon erzählt. Hast du eine Zigarette?«

Ich kramte das Päckchen Lord heraus, das ich im Deutzer Bahnhof erstanden hatte und gab uns Feuer. Charlie inhalierte tief. Im Schein der Glut sah ich, wie angespannt sie war. Dann gingen wir weiter, stiegen die Stufen zur Promenade hoch.

»Keine halbe Stunde später tauchte Matern auf«, fuhr Charlie fort. »Mit einer ganzen Horde im Schlepp. Er hielt mir einen Durchsuchungsbeschluß unter die Nase, schnappte sich die Schlüssel, und schon trampelte die Meute durch alle Etagen. Ich habe protestiert. Wegen der Gäste. Vergeblich.«

»Die gleichen Fragen wie neulich?«

»Die und ein paar frische.«

»Dann haben Sie sich umsonst her bemüht. Sie wissen doch, daß ich darüber nicht reden kann.«

»Und ob Sie können. Diesmal müssen Sie sogar.«

»Sie können mich nicht zwingen«, sagte er trotzig. »Nein, nein.«

»Warten Sie es ab. Wollen Sie den Schlüssel nicht aufheben?«

Er zögerte, hatte wohl Angst, ich würde die Gelegenheit nutzen, ihn niederzuschlagen. Also bückte ich mich und drückte ihm den Bund in die Hand.

»Wo ist Ihre Kanone?« fragte ich, während er aufschloß.

»Oben. In der Wohnung.«

»Wo, da?«

»Im Schreibtisch.«

»Sind Sie sich sicher?«

»Glauben Sie mir etwa nicht?«

»Sie könnten sich irren.«

Resignierend hob er die Arme. »Sehen Sie nach.«

Ich tastete ihn flüchtig ab. Er schien tatsächlich sauber zu sein.

»Okay, Schmitz«, sagte ich. »Tür auf und hinein in die gute Stube.«

Feuchtigkeit war durch die Treppenhauswände geschlagen und hatte den Putz aufgeweicht. Die Holzstufen waren ausgetreten, glatt und knarrten. Wir mußten ganz hinauf, in den vierten Stock, bis unters Dach. Post lag vor der Wohnungstür. Er nahm sie an sich, sperrte auf und machte Licht. Ein kleiner Flur, rechts eine Kochnische, links eine geschlossene Tür. Bad oder Abtritt oder beides. Am Ende des Flurs ein großer Raum. Eigentlich zwei, aber man hatte die Wand durchbrochen.

»Blumenfreund, wie?« fragte ich.

»Ich liebe Pflanzen. Sie sind treuer als Menschen.« So, wie er das sagte, klang es überzeugend. »Haben Sie was dagegen?«

Hatte ich nicht. Ich kam mir allerdings vor, als sei ich in einer Filiale der Flora gelandet. Nicht nur auf den Fensterbrettern standen Pflanzen, praktisch jede Freifläche, jeder Quadratmeter war genutzt, um Grünzeug unterzubringen. Riesige Kübel mit Farnen, Palmen und anderem Blattwerk standen auf dem Boden, dazwischen Blumentische mit kleinerem Gestrüpp. Auf selbstgezimmert wirkenden Regalen drängte sich Blumentopf an Blumentopf, daneben Spaliertöpfe mit Rankpflanzen, und selbst die Kommode und der Nachttisch waren belegt. Und wo ausnahmsweise mal nichts stand, baumelten Ampelpflanzen von der Decke. Zwei niedrige Tische neben dem Kohleofen waren mit fleischigen, teilweise bunten Gewächsen überfrachtet. Wahrscheinlich die, die es gerne etwas wärmer hatten.

Geblieben waren lediglich zwei Pfade, einer zu einem bemerkenswert aufgeräumten Schreibtisch, einer zu einem Bett mit Eisengestell. Ich nahm den zum Schreibtisch – jede Sekunde darauf gefaßt, daß Marion Michael im Lendenschurz vorbeischwingen würde –, setzte mich dahinter, knipste die Leselampe an und zog die Schubladen auf. Die Borchardt-Luger lag in der rechten, neben einem Stapel Briefumschläge. Ich entfernte das Magazin. Die Waffe wanderte zurück in die Lade, die Munition steckte ich ein.

»Nimmt das Unkraut sich nicht gegenseitig das Licht?« fragte ich mit allumfassender Geste.

»Das ist kein Unkraut«, sagte er beleidigt. »Es gibt überhaupt kein Unkraut. Bestenfalls Schmarotzerpflanzen.«

»Interessant. Was ist nun mit dem Licht?«

Er merkte, daß meiner Frage kein echtes Interesse zugrunde lag. Entsprechend unwillig gab er Antwort. »Sie werden umschichtig an die Fenster gesetzt. Nach einem festgelegten Plan. Außerdem habe ich mehrere UV-Lampen installiert.«

»Höhensonne?«

»Ja, ultraviolettes Licht. Wollen Sie hinter dem Tisch sitzenbleiben?«

»Ist mir lieber. So hab ich die Schlingpflanzen da drüben besser im Auge. Vielleicht haben Sie sie ja dressiert, unliebsame Besucher zu erwürgen.«

»Sie spinnen doch!« Er ließ sich auf dem Stuhl vor dem Schreibtisch nieder und legte den Hut ab. Den Mantel behielt er an. »Aber mir soll's egal sein.«

»Haben Sie ein Bier?«

Er schüttelte den Kopf. »Zu Hause trinke ich nur Tee.«

»Auch kein Schnäpschen für die Klienten?«

»Nein. Wasser kann ich Ihnen anbieten.«

»Mit Blumendünger?«

»Wenn Sie nur blöd sein wollen, lassen wir es eben.« Er gähnte. »Stellen Sie endlich die Fragen, die ich Ihnen nicht beantworten werde. Ich bin hundemüde.«

Ich ging direkt in medias res. »Was haben Sie nach unserem Plausch auf der Bonner Straße gemacht?«

Er verschränkte die Hände hinter dem Kopf und kniff die Augen zusammen. »Was geht Sie das an? Jedenfalls habe ich Sie nicht länger beschattet, falls Sie das wissen wollen.«

»Hat er Sie zurückgepfiffen?«

»Wer?«

»Na, wer wohl? Ihr Auftraggeber.«

»Dazu sage ich nichts.«

Ich blickte ihn scharf an. »Das sollten Sie aber, Schmitz. Denn inzwischen sind Sie in zwei Mordfälle verwickelt.«

»Von Mord ist mir nichts bekannt.« Er nahm die Hände herunter und beugte sich vor. »Und damit Sie es gleich wissen: Ich bin in gar nichts verwickelt, ist das klar? Was auch immer Sie mir anhängen wollen, vergessen Sie es.«

»Sie haben Ihren Auftraggeber auf die Spur des Pärchens gebracht, das am Mittwochabend zusammen mit mir die Ha-Mo-Bar verlassen hat. Inzwischen sind beide tot. Die Frau erdrosselt, der Mann erschossen. Und dann wollen Sie mir erzählen, Sie seien in die Sache nicht verwickelt? Sie sitzen bis zum Hals in der Scheiße, Freundchen.«

Seine einzige Reaktion war, der Pflanze, die ihm am nächsten stand, mit der Hand über ein Blatt zu fahren. Zärtlich wie ein Vater, der den Kopf seines Kindes tätschelt.

»Verdammt, Schmitz! Raus mit der Sprache!«

Sein Blick wanderte zurück zu mir. Leer. Desinteressiert.

»Ich habe niemanden ermordet und auch niemanden zu einem Mord angestiftet. Das ist alles, was ich dazu zu sagen habe.«

Zorn stieg in mir hoch. »Sie Arschgeige! Denken Sie etwa, mit dieser billigen Ausrede wären Sie aus dem Schneider? Fakt ist, daß Sie die beiden ans Messer geliefert haben. Ob vorsätzlich oder nicht, spielt dabei keine Rolle. Fakt ist weiterhin, daß Ihr Auftraggeber ein Doppelmörder ist, der zudem versucht, mir die Sache anzuhängen.« Ich schlug auf den Tisch. »Ich will auf der Stelle seinen Namen wissen!«

Je wütender ich wurde, desto gleichmütiger wirkte Schmitz.

»Wir wollen doch einmal etwas Grundsätzliches klarstellen«, sagte er oberlehrerhaft. »Mein Beruf ist es, Informationen zu besorgen und an meine Klienten weiterzugeben. Was sie damit anfangen, welche Schlüsse sie daraus ziehen – nun, daß ist nicht meine Sache. Dafür bin ich nicht verantwortlich.« Grinsend rieb er seine Hände. »Sehen Sie: Ich wasche meine Hände in Unschuld.«

Ich stand auf, beugte mich über den Schreibtisch und knallte ihm die Faust vor die Stirn. Er kippte mit dem Stuhl nach hinten und schlug krachend auf. Bevor er sich hochrappeln konnte, war ich um den Tisch herum, packte ihn an den Aufschlägen, riß ihn hoch und drückte ihn mit dem Rücken auf die Schreibplatte. Das Telefon landete scheppernd auf dem Boden.

»Hören Sie gut zu, Schmitz«, sagte ich. »Sie werden sich nicht aus der Verantwortung stehlen. Dafür sorge ich. Und Sie werden meine Fragen beantworten. Denn wenn nicht, mache ich Kleinholz aus Ihnen. Kapiert?«

»Das haben schon andere versucht«, preßte er hervor, »und sind jedesmal damit gescheitert. Ich habe keine Angst vor Schlägen.«

Ich stellte ihn auf die Füße und rammte ihm die Faust in die Magengrube. Er sackte weg und krümmte sich auf dem Linoleum. Etwas Speichel lief auf den Boden.

»Stehen Sie auf, Sie Held!« sagte ich und stieß ihm die Schuhspitze in die Rippen.

»Sie sind naiv, wenn Sie glauben, daß Sie mich auf die Art kleinkriegen«, stöhnte er, während er sich am Schreibtisch hochzog. »Ich habe –»

Ein Treffer auf die Kinnspitze machte seinem Satz ein Ende. Derb schlug er der Länge nach hin.

Ich ging in die Knie und packte ihn an der Krawatte. »Na, wie sieht es aus?«

»Ich … ich habe sechs … sechs Jahre russische Gefangenschaft hinter mir«, keuchte er. »Gegen die Schweine sind Sie ein Waisenknabe.«

Ich hatte bereits erneut ausgeholt, als ich verstand. So würde das nichts werden. Selbst wenn ich ihn krankenhausreif prügelte, der Sturkopf würde nicht reden. Ich ließ den Arm sinken.

Schmitz sah, wie ich zurückzog, und lächelte. Matt, aber wie ein Gewinner.

Er hatte allen Grund. Es stand 1:0 für ihn.

Schmitz lächelte noch, als ich ihn mittels seines Schlips, Mantel- und Hosengürtels auf dem Stuhl festgebunden hatte. Mit der großen Papierschere aus dem Schreibtisch und einem Staubtuch, das ich auf einem der Blumentische gefunden hatte, baute ich mich vor ihm auf.

»Was haben Sie vor?« fragte er. »Wollen Sie mir die Augen ausstechen?«

»Das könnte Ihnen so passen, Sie bescheuerter Masochist. Mund auf!«

Er parierte, und ich stopfte ihm den Lappen zwischen seine schiefen Zähne. Sein Blick war ohne jede Furcht. Eher spöttisch.

»Hm«, machte ich. »Was meinen Sie, Schmitz? Wo soll ich anfangen? Hier oder da?« Da er eine Antwort schuldig blieb, zog ich das erstbeste Namensschildchen heraus. »Chlorophytum comosum alias Grünlilie. Sieht eigentlich ganz nett aus. Schade drum.«

Mit der Linken bündelte ich die langen, cremefarben gestreiften Blätter, schnitt sie dicht über dem Boden ab und warf sie Schmitz vor die Füße. Er heulte schallgedämpft auf.

»Sansevieria trifasciata Laurentii«, las ich vor und sparte mir diesmal die Zeile mit der Übersetzung.

Neun fleischige Blätter, jedes mit einem Dorn an der Spitze, die schon schwerer durchzuschneiden waren. Den Todeskampf jedes einzelnen Blattes schilderte ich ausführlich und hielt Schmitz die Leichname vors Gesicht. Er starb neunmal mit.

»Jetzt ist der Philodendron scandens an der Reihe, Schmitz«, rief ich über die Schulter. »Hören Sie, wie er schreit?«

Kleine, herzförmige Blätter, die ich halbierte, begleitet vom dumpfen Wehklagen des Blumenvaters.

Die Hedera canariensis (Efeu) und die Zebrina pendula (Ampelkraut) massakrierte ich der Einfachheit halber mit bloßen Händen; für die großen Blätter des Philodendron elsemannii nahm ich wieder die Schere zu Hilfe und gab mir besondere Mühe. Jedes Blatt schnitt ich in kleine Stücke, die ich Schmitz anschließend wie Konfetti übers Haupt streute. Inzwischen tobte er derart, daß der Stuhl hüpfte.

Das langsame Sterben des Ficus pumila, des Kletterficus, kommentierte ich mit einem Vokabular, das jedem Folterknecht eiskalte Schauer über den Rücken gejagt hätte. Schmitz schrie und schrie – nur hörte ihn niemand. Nachdem auch noch der Cissus antarctica, die Rhaphidophora aurea und der Asparagus densiflorus, der Zierspargel – die einzige Pflanze, die ich erkannt hatte, ohne das Schild zu lesen – ein schreckliches Ende gefunden hatten, sah der Boden um Schmitz herum aus wie ein Komposthaufen. Sein Gejaule wurde trotz des Knebels zunehmend unerträglich.

Und er bot einen erschreckenden Anblick. Schweißgebadet stierte er mich an, die Augen weit aus den Höhlen, den puren Irrsinn im Blick. Rote Male loderten auf seinen Wangen. Und dann diese animalischen Laute. Ohne den Lappen hätte er Schaum vor dem Mund gehabt.

Ich hob den Finger und forderte seine Aufmerksamkeit. Langsam verstummte er.

»Die Entscheidung liegt allein bei Ihnen«, sagte ich. »Kooperieren Sie, war es das. Kooperieren Sie nicht, mache ich weiter bis zum letzten Kaktus. Kapiert?«

Er nickte, wenn auch schwach.

»Wie entscheiden Sie sich? Zur Zusammenarbeit?«

Er nickte.

»Sehr gut. Ich nehme Ihnen jetzt den Knebel heraus, und Sie machen kein Theater. Ist das klar?«

Wieder nickte er.

Ich entfernte das Staubtuch.

»Mörder!« schrie er. »Sie dreckiger –»

Ich stopfte den Lappen zurück, bis kurz vor die Mandeln. Ein ersticktes Husten war die Folge.

Fünf Minuten später lagen die Überreste weiterer vier Pflanzen auf dem Boden. Ein Blumenregal war so gut wie leer. Ich war gerade damit beschäftigt, einem Ritterstern die Blüten abzureißen, als ich aus den Augenwinkeln registrierte, wie Schmitz zusammenbrach. Hatte er anfangs noch getobt, daß der Stuhl geschwankt hatte, so hing er nun schlaff in den Fesseln. Ich hob sein Kinn an. Vor mir saß ein Wrack.

Ich zog den Knebel heraus und gab ihm einen Klaps auf die Schulter. »Kopf hoch, Schmitz! Das Leben geht weiter.«

Er schien das zu bezweifeln. Haltlos baumelte sein Kopf hin und her, Rotz lief ihm aus der Nase. Ich nahm noch einmal das Staubtuch zur Hand. Wie ein Kind ließ er sich die Nase putzen.

Hinter dem Schreibtisch gönnte ich mir eine Zigarette und ließ ihm reichlich Zeit, um wieder zu Verstand zu kommen.

Als er schließlich so weit zu sein schien, fragte ich: »Wer ist Ihr Auftraggeber?«

Er hustete schwach. »Ich ... ich weiß es nicht.«

»Mauern Sie schon wieder?«

»Nein, nein«, sagte er eilig. »Ich kenne ihn wirklich nicht. Das müssen Sie mir glauben.«

»Wie sind Sie denn an Ihren Auftrag gekommen? Per Verlosung?«

»Durch einen Mittelsmann.«

»Und der heißt wie?«

»Weiß ich auch nicht. Er hat sich nicht vorgestellt. Wollte anonym bleiben. Wie der Mann, den er vertrat.«

»Passiert es oft, daß sie auf so seltsame Art und Weise zu Ihren Aufträgen kommen?«

»Eigentlich lehne ich es ab, für Leute zu arbeiten, die anonym bleiben wollen, aber ...«

»Aber was?«

Er schluckte. »Die Geschäfte gingen nicht besonders in letzter Zeit. Und das Angebot war verlockend.«

»Erzählen Sie mir im einzelnen, wie das vor sich ging.«

»Können Sie mich nicht erst losbinden? Meine Hände sind schon ganz taub.«

»Nur, wenn Sie versprechen, keine Sperenzchen zu machen.«

»Versprochen.«

Ich vertraute ihm und löste die Fesseln. Er trat nicht nach mir, spukte nicht, kratzte nicht und biß nicht. Er massierte einfach nur seine Handgelenke.

Ich ging zurück auf meinen Platz. »Lassen Sie hören.«

»Nun ja, ... wo soll ich anfangen?«

»Mit dem Auftritt des Mittelsmannes.«

Er räusperte sich, trotzdem blieb seine Stimme belegt. »Also, der Mann erschien letzte Woche Dienstag bei mir. Am 22sten. Ich habe ihn sofort für einen Anwalt gehalten. So wie er auftrat, die

Art, wie er redete. Geschliffene Formulierungen, wenn Sie wissen, was ich meine. Er –»

»Wie sah er aus?«

»Etwas größer als ich, vielleicht einen halben Kopf. Graumeliert, markantes Gesicht, Hakennase –»

»– gutgeschnittene Garderobe. Mitte fünfzig. Wirkte irgendwie aristokratisch.«

»Ja! Sie kennen ihn?«

»Nicht persönlich.« Ich klopfte eine frische Zigarette auf dem Handrücken an. »Sprach er schwäbisch?«

»Schwäbisch?« Schmitz war irritiert. »Nein. Hochdeutsch.«

»Erzählen Sie, was er wollte.«

»Nun ja, er sagte, er komme in Vertretung einer gewissen Person, die nicht selbst in Erscheinung treten wolle. Es handele sich um einen Beschattungsauftrag, der äußerste Diskretion erfordere. In einer etwas pikanten Angelegenheit, wie er schmunzelnd hinzufügte. Und ob ich daran interessiert sei.«

»Sie waren. Weiter.«

Schmitz faltete die Hände. »Ich sollte eine Frau Möbbich aus Nippes für einige Tage beschatten. Herausfinden, mit wem sie Kontakt hat, mit wem sie sich trifft. Eben ihr Umfeld durchleuchten.«

»Hat er die Pikanterie näher definiert?«

»Nein.«

Ich zündete die Lord an und bließ den Rauch in Richtung Fenster. »Was kam bei Ihrer Observierung heraus?«

»Nicht viel. Sie blieb meist bis mittag in ihrer Wohnung, ging dann kurz einkaufen, verbrachte den Nachmittag erneut in der Wohnung und ließ sich abends, so gegen halb acht, von einem Taxi in die Ha-Mo-Bar fahren.«

»Das ging wie lange so?«

»Die ganze Woche.«

»Waren Sie auch mal in der Bar?«

»Zweimal. Mittwoch und Donnerstag.«

»Was sagte Ihr Auftraggeber?«

Schmitz ließ die Unterlippe hängen. »Er war enttäuscht. Nannte das ein miserables Ergebnis und drohte, mir den Auftrag zu entziehen. Was sollte ich machen? Mehr ist einfach nicht passiert.«

»Den Auftrag hat er Ihnen dann aber doch nicht entzogen?«

»Nein, aber abgeändert. Letzten Sonntag. Da hieß es auf einmal, ich solle Sie beschatten.«

Ich zog die Brauen hoch. »Haben Sie mir gestern nicht erzählt, sie hätten mich erst seit Mittwoch observiert?«

Er war so anständig, rot zu werden.

»Das war eine Lüge«, sagte er kleinlaut und senkte den Kopf, riß ihn aber gleich wieder hoch, als sein Blick auf die Pflanzenkadaver vor dem Stuhl fiel.

»Lassen wir das«, sagte ich. »War er wenigstens mit dem Ergebnis meiner Beschattung zufrieden?«

»Nein, dabei ist ja auch nichts herausgekommen. Wir haben dann vereinbart, daß ich noch bis Donnerstag einschließlich an Ihnen dranbleibe. Und Mittwochabend ist es dann passiert. Da wurde er auf einmal munter.«

»Als Sie ihm meldeten, ich sei zusammen mit der Möbbich in dem Haus in der Cranachstraße verschwunden?«

»Ja. Genau. Im Nachhinein kam es mir so vor, als hätte der Mann die ganze Zeit nur darauf gewartet, daß Sie und diese Frau Kontakt aufnehmen.«

Ich schüttelte den Kopf. Der Gedanke war absurd. Wie kann jemand darauf warten, daß zwei Menschen, die sich nicht einmal kennen, Verbindung aufnehmen?

»Wie lauteten seine weiteren Anweisungen?« fragte ich.

»An dem Abend?«

»Ja.«

»Ich sollte dem Hinkenden folgen. Herausfinden, wohin er fährt.«

»Wohin fuhr er?«

»Als ich nach meinem Anruf zurückkam, sah ich gerade noch, wie er die Nummer 24 verließ. Ich hab mich angehängt und bin ihm bis in den Rheinauhafen zu einem Frachtkahn namens Marie-Luise gefolgt. Ein ziemlich heruntergekommener Pott. Ich dachte schon, er bleibt an Bord, und wollte mir ein Telefon suchen, als er plötzlich wieder auftauchte. Rückfahrt zur Cranachstraße, erneut hinein in das Haus. Keine Minute später stürzte er wieder heraus, sprang in seinen Wagen und raste wie ein Irrer davon. Ich hinterher. Plötzlich schlug er zwei, drei Haken, und ich dachte, jetzt hat er dich bemerkt. War aber nicht so. Er stoppte bloß an einem Briefkasten, nahm etwas aus dem Kofferraum des Wagens, steckte es in einen Umschlag und warf ihn ein. Auf dem Ring hab ich ihn dann allerdings aus den Augen verloren.«

»Konnten Sie erkennen, was er in den Umschlag steckte?«

»Unmöglich.«

»Das alles haben Sie berichtet?«

»Ja.«

»Was sollten Sie weiter tun?«

»Nichts. Es gab keine neuen Anweisungen. Außer, daß ich mich am Donnerstag mittag wieder melden sollte. Ich bin dann noch einmal nach Nippes gefahren und habe in der Nähe Ihres Wagens Posten bezogen. Sie zu beschatten, war ja mein eigentlicher Auftrag.«

»Dort ist Ihnen nichts weiter aufgefallen?«

»Überhaupt nichts. Bis Sie morgens kamen.«

Ich ließ die Kippe auf das Linoleum fallen und trat sie mit dem Absatz aus. »Wie funktionierte eigentlich diese telefonische Berichterstattung? Haben Sie mit dem Auftraggeber selbst gesprochen?«

»Nur mit dem Mittelsmann, diesem Anwalt. Das war schon kompliziert genug. Ich mußte eine bestimmte Nummer anrufen, unter der er sich gemeldet hat. Ich habe berichtet, und er nannte mir eine neue Uhrzeit, zu der ich wieder anzurufen hatte. Das konnte nach fünf Minuten sein, aber es lag auch schon mal eine Stunde dazwischen. Beim zweiten Anruf hatte er dann neue Anweisungen für mich. Oder auch nicht. Meistens hieß es ja nur: Machen Sie weiter. In der Zeit zwischen meinen Anrufen muß er mit dem eigentlichen Auftraggeber gesprochen haben.«

»Ein reichlich umständliches Vorgehen.«

»Das schon«, sagte Schmitz. »Aber ideal, um anonym zu bleiben. Ich könnte nicht einmal beschwören, daß es den Hintermann überhaupt gibt.«

Durch das Hemd hindurch kratzte ich mich am Brustbein. »Hm. Haben Sie die Telefonnummer noch?«

»56251«, sagte er prompt.

»Haben Sie versucht herauszufinden, wem der Anschluß gehört?«

»Unter der Nummer meldet sich das Hansaring-Hotel.«

Ich war verblüfft. »Der Mann wohnt im Hansaring-Hotel?«

»Wohnte«, sagte er gedehnt. »In Zimmer 11.«

»Wieso wohnte? Ist er ausgezogen?«

»Er ist heute mittag abgereist.«

»Woher wissen Sie das?«

»Kurz nach zwölf brachte ein Bote einen Umschlag mit dem restlichen Geld. Allerdings fehlten die vereinbarten hundert Mark für Spesen. Ich habe sofort angerufen, um mich zu beschweren. Da haben sie es mir gesagt.«

Ich sprang auf. »Zumindest wird die Telefonistin uns sagen können, mit wem er sich – unter welchem Namen hat er dort eigentlich logiert?«

»Pfleiderer. Vermutlich ist der Name aber falsch.«

»Worauf Sie einen lassen können. So falsch wie Willy Birgels Gebiss. Trotzdem, wir werden wenigstens herauskriegen, mit wem er sich jedesmal nach Ihren Anrufen hat verbinden lassen. Los, kommen Sie!«

»Die Nummer wird Ihnen nichts nützen«, sagte er trocken und blieb sitzen.

»Sie kennen auch die?«

»Ja.« Er verschränkte die Hände und bog sie mit den Flächen nach vorn, bis die Gelenke knackten. »Nachdem der Portier mir gesagt hat, daß der Gast aus Zimmer 11 abgereist sei, bin ich hingefahren. Die junge Frau am Stöpselbrett war recht aufgeschlossen und hat mir die Nummer gegeben. Ich hab dann versucht herauszufinden, wem der Anschluß gehört.«

»Nun machen Sie es nicht so spannend. Wem gehört er?«

»Herrn Unbekannt.« Als er mein dummes Gesicht sah, ergänzte er: »Eine Geheimnummer, sagt mein Bekannter bei der Post. Eine ziemlich neue dazu. Kein halbes Jahr alt.«

»An den Inhaber kommt er nicht heran?«

»Dafür ist er ein zu kleines Licht. Keine Chance.«

»Haben Sie die Nummer angerufen?«

»Das wollte ich zuerst, hab mich dann aber doch nicht getraut. Wer weiß, mit wem man es da zu tun kriegt.«

Ich setzte mich wieder – diesmal rittlings – und grübelte, während Schmitz damit beschäftigt war, seine Finger zu zählen. Es mußte doch eine Möglichkeit geben, verdammt noch mal. Plötzlich hatte ich es.

»Hören Sie zu, Schmitz«, sagte ich. »Sie werden den Unbekannten anrufen, aus seinem Versteck locken und wir nehmen ihn gemeinsam hopp. Was halten Sie davon?«

»Ich?« Seine Begeisterung war kleiner als Sparflamme. »Womit soll ich ihn hervorlocken?«

»Sie sagen einfach, Sie hätten in Pinnschiks Nachlaß gewisse Fotos gefunden. Sehr private Aufnahmen, die nunmehr zum Verkauf stünden. Darauf wird er anspringen.«

»Ich verstehe kein Wort. Was für Fotos?«

»Das brauchen Sie auch nicht zu verstehen. Tun Sie einfach, was ich Ihnen gesagt habe.«

Er zuckte die Schultern und seufzte. »Wenn Sie meinen. Aber das kostet Sie was.«

Nichts anderes hatte ich erwartet.

VIERUNDZWANZIGSTES KAPITEL

Samstag, 02. Februar 1957

»Nun machen Sie schon«, sagte ich. »Wir haben nicht mehr viel Zeit.«

»Warum eigentlich ich?« fragte Schmitz, leuchtete in die Tiefe und riskierte einen Blick.

»Wer hat denn die Taschenlampe?«

Er hielt sie mir hin. »Die können Sie gerne haben.«

»Jetzt stellen Sie sich nicht so an. Oder denken Sie etwa, da unten lauert ein Rudel Wölfe?«

»Das nicht gerade.« Seine Miene blieb jedoch skeptisch. »Wo soll denn die Kladde liegen?«

»Irgendwo hier vorne.« Mit dem Arm beschrieb ich einen Halbkreis. »Maximal drei Meter von der Wand entfernt.«

»Aber unter der Plane?«

»Ja, sicher.«

Er zögerte weiter.

»Was denn noch?« fragte ich.

»Sie haben doch gesagt, es sei gar nicht sicher, daß unser Mann einer der Fotografierten ist.«

»Vielleicht aber doch. Und irgendetwas müssen Sie ihm schließlich vor die Nase halten, bis ich ihn mir schnappe. Oder wie haben Sie sich das gedacht?«

»Ja«, brummte er. »Das schon.«

»Na, also.«

»Und wie komme ich wieder rauf?«

»Gütiger Himmel!« Ich hielt ihm das Ende des Taus vor's Gesicht, das ich bei meinem Rundgang über das Deck gefunden hatte. »Damit zieh ich Sie wieder hoch.«

»Hm.« Begeistert schien er nicht, ruckte aber schließlich mit dem Kopf. »Nun, gut. Wenn Sie meinen.«

Nachdem er die Lampe umständlich verstaut hatte, trat er einen Schritt vor, hielt seinen Hut fest, holte tief Luft – und sprang. Sein Mantel schlug um wie ein Schirm im Sturm, dann verschluckte ihn der Laderaum. Was folgte, war ein Geräusch, als klatsche ein Schokoladenpudding aus dem dritten Stock auf's Pflaster.

»Alles in Ordnung?« rief ich gedämpft.

Ein Lichtstrahl blitzte auf und schwankte wild umher.

»Ja, ja«, kam die Antwort. »Ich komm schon zurecht.«

Während Schmitz im Sand wühlte, überprüfte ich noch einmal die Smith & Wesson, die unangetastet in ihrem Versteck unter dem Kartenpult gelegen hatte, und behielt den Kai im Auge. Das Lagerhaus erschien beinahe schwärzer als die Nacht. Ausgenommen das Stück Front und Laderampe, das von einer Leuchte über einem der Rolltore in ein krankes gelbes Licht getaucht wurde. Zu sehen war niemand, und die Stille war geradezu gespenstig.

»Ich hab sie«, rief Schmitz.

Ich ließ das Tau hinab, er verknotete es unter den Achseln und nach allerlei Geächze stand er kurz darauf wieder an Deck.

»Wo ist Ihr Hut?« fragte ich.

Seine rechte Hand fuhr zum Kopf. »Verdammt! Ich muß noch mal runter.«

»Zu spät«, sagte ich und hielt ihn am Arm zurück. »Es ist fünf vor zwei.«

Brennende Augen und einen unglaublichen Jieper auf eine Zigarette. Seit zwanzig Minuten starrte ich bereits durch das Fenster des Ruderhauses in die Dunkelheit, aber nichts rührte sich. Kein Fahrzeug, kein Mensch näherte sich dem Schiff. Nicht einmal ein streunender Kater war zu sehen. Fluchend zog ich die Schultern hoch. Kalt war es.

Plötzlich ein Geräusch. Die Backbordtür. Ich riß die Smith & Wesson vom Kartentisch und fuhr herum. Schmitz stand im Rahmen und leuchtete sich selbst ins Gesicht.

»Ich bin's nur«, sagte er.

»Was haben Sie hier zu suchen? Machen Sie die Funzel aus!«

»Regen Sie sich ab.« Trotzdem knipste er sie aus. »Noch immer nichts?«

»Habe ich etwa Zeichen gegeben?«

»Nein.«

»Na, also! Was wollen Sie hier?«

Dickfellig überging er meinen Unmut. »Ich verstehe das nicht. Wir haben Punkt zwei Uhr vereinbart. Ob er vielleicht von der anderen Seite kommt?«

»Mit einem Paddelboot, wie?«

»Zum Beispiel.«

»Quatsch! Das wäre viel zu auffällig.« Ich atmete durch. »Sind Sie sicher, daß es kein Mißverständnis bezüglich der Uhrzeit oder des Treffpunkts geben konnte?«

»Absolut. Zwei Uhr. Salon der Marie-Luise. Bayenwerft. Das war eindeutig.«

»Vielleicht war er noch im Halbschlaf und hat Sie nicht richtig verstanden.«

»So schnell, wie der am Telefon war? Der hatte überhaupt noch nicht im Bett gelegen.«

Ich gähnte, rieb mir die Augen und blickte wieder hinaus. Schmitz blieb hinter mir.

»Was ist denn noch?« fragte ich über die Schulter.

»Ich muß gerade daran denken ... Was ist, wenn er das Geld nicht mitbringt?«

»Dann haben Sie Pech gehabt, Schmitz. Das habe ich Ihnen doch schon gesagt. Sie spielen hier Lotto. Hat er die fünftausend dabei, ist es Ihr Geld. Kommt er ohne die Moneten, gehen Sie leer aus und kassieren lediglich die paar Mark Schadenersatz, die ich Ihnen für Ihre Pflanzen versprochen habe.« Ich mußte husten. »Ein gutes Werk tun Sie in jedem Fall.«

»Oder ich fange mir eine Kugel.«

Daran hatte ich auch schon gedacht, behielt das aber für mich.

»Übrigens, Sie haben meine erste Forderung noch nicht erfüllt«, sagte er leise.

»Also gut«, knurrte ich. »Ich entschuldige mich dafür, was ich Ihrem Gemüse angetan habe. Gut so?«

»Das klingt aber nicht sehr aufrichtig.«

»Was erwarten Sie? Daß ich Ihnen dazu die Füße küsse?«

»Vergessen Sie es«, sagte er. »Halten Sie nur Ihre finanziellen Zusagen ein. Das ist mir lieber.«

Ich lehnte mich mit der Schläfe gegen die Scheibe. Das Glas war kühl und feucht. »Welchen Eindruck hat der Mann eigentlich am Telefon gemacht?«

Schmitz kratzte sich am Kopf. »Tja, wie soll ich das beschreiben? Vielleicht am ehesten als energisch, entschlossen. Wie jemand, der es gewohnt ist, Befehle zu erteilen.«

»Ein Kommißkopp?«
»Davon könnte etwas mitgeschwungen haben.«
»Wie alt?«
»Vielleicht mein Alter, vielleicht etwas älter. War anhand der Stimme schwer zu schätzen.«
»Fünfzig bis sechzig?«
»Beeiden würde ich das nicht.«
»Akzent hatte er keinen?«
»Akzent?«
»Zum Beispiel einen englischen.«
»Keine Spur.«
Nebelfetzen wie gezupfte Watte zogen vor dem Fenster vorbei. Die Kälte kroch mir die Waden hoch.
»Gehen Sie wieder auf Ihren Posten«, sagte ich. »Ich klopfe, wenn er kommt. Haben Sie Ihre Kanone parat?«
Er zog sie aus der Tasche und entsicherte sie. »Von mir aus kann es losgehen.«
»Gut. Aber denken Sie daran: Ich brauche ihn lebend. Geschossen wird nur im äußersten Notfall.«
»Alles klar.« Er zog die Tür ins Schloß und verschwand.
Endlose Minuten. Bleierne Müdigkeit. Steife Knochen. Ich löste den Riegel, um das Fenster zu öffnen. Es ließ sich nur kippen. Immerhin. Frische Luft zum durchatmen. Das tat gut. Außerdem konnte ich so besser hören. Knatterte da nicht ein Motor? Nein, doch nicht. Reine Einbildung. Nur der Rumpf der Marie-Luise ächzte mal wieder. Verdammte Warterei.
Und dann war es auf einmal soweit.

Ein Scheinwerferpaar kam den Kai entlanggekrochen. Verharrte im Dunkeln jenseits des beleuchteten Tores und verlosch.

Ich zog den Revolver aus dem Gürtel. Das Klopfzeichen. Dreimal mit dem Lauf gegen das Heizungsrohr. Nach dem Hall ein Augenblick absoluter Stille. Dann vier Schläge. Schmitz' Antwort. Er hatte verstanden.

Zurück zum Fenster. Das Schlagen einer Wagentür. Schritte auf dem Pflaster. Erst verhalten, dann schneller werdend. Das kurze Auftauchen einer dunklen Gestalt am äußersten Rand des gelben Lichtkreises, fast an der Kaimauer. Ein Mann in Hut und Mantel. Kräftig, aber mit dynamischen Bewegungen. Bewegungen, die mir spontan bekannt vorkamen. Bevor ich sicher sein konnte, wurde er wieder Teil der Dunkelheit. Aber ich konnte ihn weiterhin hören. Hörte, wie er die Planke betrat. Hörte seine Schritte auf Deck. Eine leere Konservendose schepperte über die Planken, gefolgt von einem halblauten Fluch. Plötzlich Stille. Dann quietschte die Stahltür zum Gang und schlug gegen die Wandverkleidung.

Laut Plan blieb mir eine gute Minute. Zügig und ohne ein Geräusch zu machen durchquerte ich das Ruderhaus. Öffnete die Backbordtür. Betrat die Treppe. Elf Stufen insgesamt. Gut zu wissen, wenn man kaum etwas sieht. Sieben hatte ich geschafft, als sich jemand nicht an den Plan hielt.

Ein gedämpfter Ruf ertönte, gefolgt von zwei schnell aufeinanderfolgenden Schüssen. Ein kleines Kaliber. Dann ein schriller Schrei, abrupt übertönt von einem scharfen Knall. Das war die Luger. Mit einem Satz nahm ich die letzten Stufen. Gerade rechtzeitig genug, um mir meinen Anteil an dem Schlamassel zu sichern.

Keine drei Schritte vor mir wurde plötzlich die Tür zum Quergang aus dem Rahmen geblasen und traf mich wie eine Dampframme. Gleichzeitig nahm mir ein Donnerschlag den Atem und verpaßte meinen Trommelfellen einen Volltreffer. Gemeinsam mit der Tür flog ich über Bord, schlug auf's Wasser und tauchte kopfüber ein. Eisige Schwärze umfing mich. Ich ruderte. Strampelte. Verlor prompt die Orientierung.

Biskaya, Juni 44. Bombentreffer durch eine viermotorige Sunderland. U 449 sinkt stark hecklastig. Schotten brechen. Wassereinbruch in der Zentrale. Der Kommandant befiehlt den Notausstieg per Tauchretter. IIWO Saalbach verheddert sich mit der Verbindungsleine am Sehrohrbock. Kappt die Leine. Verliert die Orientierung. Sauerstoff wird knapp. Steigender Druck auf den Ohren. Faßreifen um die Brust. Feuer in den Lungen. Mehrere Atmosphären Überdruck im Schädel. Angst. Eine unbeschreibliche Angst. Panik …

Die gleiche Panik. Und die glasklare Erkenntnis, daß Wunder einmalig sind. Diesmal würde ich ersaufen.

Plötzlich ein Licht. Eine verzweifelte, letzte Anstrengung. Es kam näher, wurde heller … Zu spät. Keine Kraft mehr. Ich öffnete den Mund. Jetzt würden die Lungen vollaufen –

Sauerstoff! Das war Sauerstoff!

Tiefe, unendlich tiefe Atemzüge.

Sauerstoff. Ich trank ihn. Ließ ihn über die Zunge perlen. Schmeckte ihn. Genoß ihn. Atmete in wenigen Augenblicken mehr als sonst in einem ganzen Jahr.

»Was paddeln Sie denn da im Kreis herum?« Das war Schmitz. »Kommen Sie hierher!«

Ich drehte den Kopf. Mit dem Oberkörper hing er über der Reling, leuchtete mich an und streckte mir eine Hand entgegen.

»Hierher!« Er winkte. »Nun machen Sie schon!«

Einige wenige Züge brachten mich an den Rumpf. Ich ergriff seine Hand. Mit der anderen packte er mich am Kragen und hievte mich ein Stück aus dem Wasser. Ich stieß mich mit den Füßen von der Bordwand ab und bekam den Handlauf zu fassen. Der Rest war ein Kinderspiel. Keuchend saßen wir nebeneinander auf den Planken. Ich in einer Pfütze Brackwasser.

»Das haben Sie ja gründlich vermasselt«, sagte ich, roch an meinen Fingern und schüttelte mich angewidert.

»Vermasselt?« Schmitz' Stimme kippte vor Empörung. »Was sollte ich denn machen? Das Schwein kommt rein und fragt, ob ich der Mann sei, der ihn angerufen habe. Ich sage, ja. Dann fragt er, wo die Fotos seien. Ich sage, auf dem Tisch. Er nimmt die Kladde in die Hand – und peng – fängt er an zu schießen.«

»Schon gut. Was war mit der Bombe?«

»Das war keine Bombe«, schnaufte Schmitz. »Das war ein Bündel Dynamitstangen. Das hat er mir, als er rauslief, direkt vor die Füße geworfen. Die Lunte nicht länger als ein Mäuseschwanz. Ich konnte es gerade noch wegschießen.«

»Wegschießen?«

»Mit dem Fuß. Wie einen Ball.«

»Durch die offene Tür?«

»Genau ins Eck.« Er zeichnete die Flugbahn in die Luft. Dann lachte er kurz und hysterisch auf. »Wenn die Ladung im Salon hochgegangen wäre, wäre ich jetzt Püree.«

»Haben Sie mal Fußball gespielt?«

»Vor dem Krieg. Bei Sülz 07.« Wieder dieses Lachen. »War schon immer ein sicherer Elfmeterschütze.«

Ich hatte Wasser im rechten Ohr. Außerdem war mir eiskalt. »Hat es ihn zerrissen?«

»Nein.«

»Nein?«

»Nein. Er ist getürmt.«

»Verdammt! Warum sind Sie nicht hinterher?«

»Unmöglich.« Er faßte sich an den Oberschenkel. »Mich hat's erwischt.«

»Schlimm?«

»Glatter Durchschuß. Werd's überleben.«

Ich rappelte mich hoch. Die Hose klebte an den Schenkeln, und Wasser quoll aus den Schuhen. »Konnten Sie ihn wenigstens erkennen?«

»Beschreiben könnte ich ihn nicht. Aber er war keiner von den Fotos, da bin ich mir sicher. Wo wollen Sie hin?«

»Ihm nach. Vielleicht hol ich ihn noch ein. Kommen Sie allein zurecht?«

»Sicher«, sagte Schmitz. »Laufen Sie nur.«

Laufen war gut. Steif wie ein von Arthrose geplagter Holzkasper stolperte ich um die Aufbauten herum, rutschte mehrfach aus und hätte beinahe neben die Planke getreten. Auf dem Kai herrschte bis auf mein Tröpfeln Totenstille. Zu sehen war nichts. Wo steckte der Kerl?

Plötzlich wurde links von mir ein Motor angelassen. Er saß bereits im Wagen!

Charlies Stinker stand in der entgegengesetzten Richtung, Richtung Malakoffturm, gute hundert Meter entfernt. Ich sprintete los, und mußte nach wenigen Schritten halten, um die durchweichten Schuhe auszuziehen. Ich rannte barfuß weiter. Jetzt bloß in keine Scherbe treten. Ich erreichte den DKW gerade, als entfernt Reifen durchdrehten. Wagenschlag auf, hinein. Ausnahmsweise sprang die Mistkiste beim ersten Versuch an. Meine Güte, waren die Pedale kalt.

Auf den Schienen kam der DKW ins Schleudern, und ich mußte gegenlenken. Raste unter zwei mobilen Ladekränen hindurch, schaltete auf Fernlicht um. Und dann sah ich ihn.

Einen dunklen BMW 501, der gerade das Hafengelände verließ.

Am Bayenturm. Agrippinaufer. Oberländer Ufer. Vorbei an der ADAC-Villa. Wir waren die einzigen Fahrzeuge weit und breit. Ich trat das Gaspedal bis aufs Bodenblech. Die Tachonadel zitterte sich bei hundert fest. Für einen Moment hatte ich den Eindruck, ich holte auf, aber dann zog der große Wagen wieder davon. Einhundert, schließlich fast zweihundert Meter Vorsprung für ihn.

Kurz aufflammende Bremslichter. Er bog auf den Militärring ein. Ich zog in die Straßenmitte, blieb im großen Gang, stellte den DKW leicht an und driftete voll durch die leicht ansteigende Rechtskurve.

»Mag sein, daß du mehr PS unter dem Arsch hast«, brüllte ich, »aber das wird dir nichts nützen!«

Und plötzlich wurde mir klar, daß er auf die Autobahn wollte. Wenn er das schaffte, war ich chancenlos. Verzweifelt zerrte ich am Lenkrad und wippte auf dem Sitz wie ein Bengel, der seine Seifenkiste in Schwung bringen will.

Der Verteilerkreis. Der BMW hatte bereits die Hälfte der 270 Grad bis zur Auffahrt nach Bonn geschafft. Jetzt gab es nur noch eins: Alles oder Nichts.

Ich jagte den DKW nach links über die Randsteine, daß die Federn durchschlugen, und nahm den Kreis im Uhrzeigersinn. Bevor er auf die Bahn einbiegen würde, würde ich ihn rammen. Jawohl, rammen. Einfach rammen.

Und aus dem Nichts war da ein Radfahrer. Ein alter Mann. Dunkel gekleidet. Voll im Scheinwerferlicht. Direkt vor dem Kühler.

Im Reflex riß ich das Lenkrad herum, bremste und kuppelte

aus – alles gleichzeitig. Der DKW brach aus und kreiselte um Zentimeter an dem Alten vorbei. Ich kurbelte wie wild, um den Wagen abzufangen. Unmöglich. Selbst von Trips hätte keine Chance gehabt.

Der DKW kippte zuerst auf die Seite, dann auf's Dach. Scheiben barsten. Ein gräßliches Geräusch, als das Blech über das Pflaster schrammte. Funken flogen. Mein Gott, der volle Tank! Die Frontscheibe platzte. Glaskrümel wie Nadelstiche im Gesicht. Das Lenkrad tonnenschwer vor dem Brustkorb. Ein nicht enden wollendes Stakkato von Schlägen auf den Hinterkopf.

Ich wollte gerade laut schreien, als jemand das Licht ausknipste und den Ton abstellte.

»Aber nur fünf Minuten«, sagte Schwester Roswitha, ein Modell, an dem Rubens seinen Spaß gehäbt hätte.

Wie ein Gardeleutnant kam Matern hereinmarschiert, packte den Stuhl, der vor dem Waschbecken stand, und rückte ihn geräuschvoll neben das Bett. Breitbeinig nahm er Platz und deponierte seinen Hut auf dem linken Knie.

»So sieht man sich wieder«, sagte er. »Haben Sie Schmerzen?«

»Nur, wenn ich lache«, sagte ich.

»Das dürfte kein Problem sein. Zu Lachen haben Sie ja nichts. Wieviele Rippen sind gebrochen?«

Ich mußte erst einatmen, was gegen den stramm anliegenden Druckverband gar nicht so einfach war. »Der Arzt sagt drei. Aber sie sagen einem ja nie die volle Wahrheit.«

»Und was macht die Gehirnerschütterung? Sind Sie klar im Kopf?«

»Stellen Sie mich auf die Probe.«

Einen Augenblick schien er tatsächlich zu überlegen, was es an diesbezüglichen Tests gab. Offenbar fiel ihm jedoch keiner ein und so blieb er bei dem, was er konnte. Bullenfragen. »Wissen Sie, was Sie erwartet, wenn Sie hier herauskommen?«

Ich schnalzte mit der Zunge. »Ein Chateaubriand im Börsenkeller. Rosig gebraten. Dazu ein 53er Chateau Latour. Anschließend Cognac nach Belieben und eine handgerollte Havanna.«

Seine linke Augenbraue hob sich. Die rechte blieb, wo sie war. Dazwischen bildete sich eine tiefe Furche. »Ihr Schädel scheint doch mehr Schaden genommen zu haben, als Doktor Vogtland feststellen konnte.«

Ich machte ein Idiotengesicht und sagte: »Hä?«

»Wie schön, daß Sie sich Ihren Humor bewahrt haben. Hoffentlich reicht der Vorrat auch für ein langes Leben hinter Gittern.« Er spießte mit dem rechten Zeigefinger in meine Richtung. »Legen Sie endlich ein Geständnis ab, Saalbach, und ich verspreche Ihnen, daß ich in der Verhandlung ein gutes Wort für Sie einlegen werde.«

Ich strich die Bettdecke glatt. »Nicht, daß ich Ihr Angebot nicht zu schätzen wüßte, Herr Kommissar, aber ...«

»Ja?«

Treuherzig blickte ich ihn an. »Ich möchte Sie nicht in Verlegenheit bringen.«

Irritiert schüttelte er den Kopf. »Ich fürchte, ich kann Ihnen nicht ganz folgen. Wie könnten Sie mich durch ein Geständnis in Verlegenheit bringen?«

Ich blickte zum Nachttisch. »Wären Sie so gut und reichten mir den Becher dort an? Ich hab einen völlig trockenen Hals.«

Etwas zu stürmisch tat er, worum ich gebeten hatte, und klekkerte Malzkaffee auf seine blütenweiße Manschette. Während ich schlürfte, versuchte er, das Malheur mit einem Taschentuch in Handtuchformat zu beheben.

»Ginge ich auf Ihr Angebot ein«, sagte ich und versuchte vergeblich, zwei Finger gleichzeitig durch den Henkel zu stecken, »ständen Sie praktisch bei mir im Wort. So wäre es doch, nicht wahr?«

»Ja, natürlich.«

»Sehen Sie, und genau das möchte ich vermeiden.«

Das Taschentuch wurde viermal gefaltet und verschwand. »Drucksen Sie nicht so herum. Heraus mit der Sprache. Warum wollen Sie das vermeiden?«

»Weil Sie so in die peinliche Lage kämen, Ihr Wort nicht halten zu können. Deshalb.«

»Wollen Sie mich beleidigen?« Sein ohnehin voluminöser Brustkorb blähte sich wie ein Fesselballon. »Ich bin noch nie wortbrüchig geworden. Nicht einmal gegen die übelsten Figuren. Da können Sie fragen, wen Sie wollen.«

»Das mag ja sein.« Jetzt waren beide Finger durch, bis zum zweiten Glied. »Aber versuchen Sie doch mal, sich den Verlauf der Verhandlung vorzustellen: Der Richter hat bereits nicht übel Lust, Sie wegen Ihrer lächerlichen Beweise zum Teufel zu jagen, und dann wollen Sie auch noch ein gutes Wort für mich –»

»Sie überheblicher Narr!« Er beugte sich so weit vor, daß ich ein Mohnkorn zwischen seinen Schneidezähnen entdecken konnte. Außerdem lutschte er noch immer Veilchenpastillen. »Die Beweiskette gegen Sie ist lückenlos. In diesen Minuten verfaßt der Staatsanwalt die Anklageschrift, und am Montag werden Sie dem Haftrichter vorgeführt.« Er setzte sich wieder gerade. »Nur Ihren mangelhaften Fahrkünsten haben Sie zu verdanken, daß Sie noch nicht in Untersuchungshaft sitzen.«

»Wenn Sie sich damit mal nicht übernehmen, Herr Kommissar. Die Waffe, die sie in der Schwarzen Katze gefunden haben – war das überhaupt die Tatwaffe?«

»Allerdings.«

»Nun, wie gesagt, daß Sie die Tatwaffe in der Schwarzen Katze gefunden haben, beweist gar nichts. Jeder hätte sie dort deponieren können. Selbst der armseligste Pflichtverteidiger wird keine fünf Minuten brauchen, mich herauszupauken.«

»Vermutlich«, stimmte Matern zu meiner Verblüffung zu. »Aber dieser Punkt ist mittlerweile auch eher nebensächlich.«

»Ach? Sagen Sie bloß, Sie haben neues Belastungsmaterial ausgegraben?«

»Etwas ähnliches.«

»Und, was?«

»Einen Zeugen.«

»Nicht schon wieder!«

»Ja, doch!«

»Aber nicht noch einmal dieses angejahrte Täubchen mit dem Dackel?«

»Scherzbold.« Matern inspizierte seine Fingernägel, entdeckte einen Makel und rieb sie am Mantelaufschlag blank. Dazu grinste er. Etwas unbeholfen, weil ungewohnt, aber eindeutig.

Ein Trupp Ameisen durchwanderte meine Därme. »Wer ist der Zeuge?«

»Sie sind am Ende, Saalbach. Geben Sie auf.«

»Die Botschaft vernahm ich bereits. Das beantwortet aber nicht meine Frage.«

»Ich habe auch nicht vor, sie zu beantworten.«

Beklommenheit machte sich breit wie Mundgeruch. Den Porsche für eine Zigarette. Aber das Päckchen hatte mir Schwester Roswitha abgenommen. Also konzentrierte ich mich auf meine Atmung. Versuchte so zu atmen, daß die angeknacksten Rippen sich nicht jedesmal in den Lungenflügel bohrten. Schließlich hielt ich es nicht mehr aus.

»Nun seien Sie kein Spielverderber, Herr Kommissar«, sagte ich und kam mir vor wie ein Fünfjähriger, der wegen Schokolade quengelt. »Verraten Sie mir doch, wen Schmallenberg Ihnen diesmal angeschleppt hat? Reine Neugier, wissen Sie.«

Er seufzte. Ganz der genervte Vater. »Kollege Schmallenberg hat niemanden angeschleppt, wie Sie sich auszudrücken pflegen. Die betreffende Person hat sich freiwillig an uns gewandt.«

»Interessant. Auch auf die Gefahr hin, daß ich mich wiederholen sollte: Wer ist diese Person?«

»Können Sie sich das nicht denken?«

»Meine Glaskugel ist beschlagen.«

Wieder dieses Grinsen. »Es handelt sich um dieselbe Person, die Sie in der vergangenen Nacht in erpresserischer Absicht auf die Marie-Luise gelockt und auf die Sie dort einen Sprengstoffanschlag verübt haben.«

Nur gut, daß ich lag. Aber auch so war ich einem Kollaps näher als allem anderen. Mein Gott, das Schwein war in die Offensive gegangen!

Natürlich, der Kerl mußte ja damit rechnen, daß er erkannt worden war. Also war er aus seinem Versteck gekrochen, hatte sich den Bullen als Erpressungsopfer präsentiert und die ganze Geschichte einfach umgedreht. Und nun war er auch noch Zeuge der Anklage. Ganz schön teuflisch.

Ich mobilisierte meine letzten Reserven an Contenance. Es gelang, sogar die Stimme spielte mit. »Sagen Sie mir seinen Namen, Herr Kommissar.«

»Was soll das Theater? Sie werden doch wohl wissen, wen Sie erpressen und in die Luft sprengen wollten. Oder hat Ihr Gedächtnis doch etwas abbekommen?«

Nun langte es mir. »Ich habe niemanden zu erpressen versucht. Ich habe auf niemanden einen Anschlag verübt. Folgerichtig gibt es auch keinen Namen, den ich kennen könnte. Wer auch immer Ihnen diesen Mist erzählt hat, der lügt.« Ich riß mich zusammen. »Sagen Sie mir den Namen. Das sind Sie mir schuldig.«

»Ha! Ich soll Ihnen etwas schuldig sein?« Matern amüsierte sich. Aber nur kurz, dann brach sein wahres Naturell wieder durch. »Was glauben Sie eigentlich, wer Sie sind, Saalbach? Sie sind nichts weiter als ein gewöhnlicher Krimineller, ein Schwerverbrecher. Ein Doppelmörder und Erpresser. Und solch einer Figur soll ich etwas schuldig sein?«

Ich ließ nicht locker. Immerhin ging es hier um meinen Kopf. »Das ist ungerecht. Irgendein dahergelaufener Kerl erhebt die wüstesten Beschuldigungen gegen mich, und Sie geben mir nicht einmal die Möglichkeit, mich angemessen zu verteidigen.«

»Beschweren Sie sich am Montag beim Haftrichter.« Er stand auf, wobei er den Stuhl mit der Wade zurückschob. Das Geräusch, das die Holzbeine auf dem Linoleum verursachten, verursachte bei mir Übelkeit.

»Und schwätzen Sie nicht von Gerechtigkeit«, fuhr er fort. »Sie hatten Ihre Chance. Hätten Sie gestanden, hätte ich mich im Rahmen des Möglichen für Sie eingesetzt, das wissen Sie. Aber Sie ziehen es ja nach wie vor vor, Ihre Spielchen zu spielen.«

Er setzte den Hut auf und knöpfte seinen Mantel zu. »Das war's, Saalbach. Ich kann nichts mehr für Sie tun. Trotzdem rate ich Ihnen dringend: Nutzen Sie die Zeit bis Montag und überdenken Sie Ihre Einstellung noch einmal gründlich. Vielleicht kommen Sie doch noch zu der Einsicht, daß ein kooperatives Verhalten nützlicher ist als fortgesetztes Lügen. Wie ich den Haftrichter kenne, würde er ein Geständnis positiv werten.«

Ich war sprachlos. Dabei war das noch nicht alles.

Die Hand auf der Klinke, drehte Matern sich nämlich noch einmal um. »Ehe ich es vergesse: Vor der Tür habe ich einen Posten aufstellen lassen. Besser, Sie kommen nicht auf dumme Gedanken. Der Wachtmeister hat strikte Anweisung, bei einem Fluchtversuch von der Schußwaffe Gebrauch zu machen.«

Die Tür schlug zu.

Ich hätte am liebsten laut losgeheult. Selbst bei einer Quote von 1:1000 würde sich kein Zocker finden, der auch nur einen Groschen auf mich setzen würde. Mit unglaublichem Geschick spielte mein unbekannter Gegner seine Trümpfe aus. Gezinkte Karten, aber sie stachen. Die Kripo und den Staatsanwalt hatte er bereits eingeseift, und es würde ihm auch nicht schwer fallen, den Richter zu überzeugen. Für mich hieß das: lebenslänglich Klingelpütz. Die Quote dafür war miserabel, aber der Tip narrensicher.

Und dann kamen mir wirklich die Tränen.

Meine Finger steckten im Henkel des Kaffeebechers fest.

Um drei Uhr gab es Kamillentee, der zu Roswithas Schutz penetrant nach Brom schmeckte. Dazu einen Streifen Streuselkuchen, trocken wie die Sahara. Ich klaubte gerade die letzten Krümel von der Bettdecke, als Charlie hereinkam.

»Hallo, Seemann!« sagte sie munter.

Ihren wahren Gemütszustand konnte ich an ihren geröteten Augen ablesen. Aber ich spielte mit. Schließlich sollte sie mich fröhlich in Erinnerung behalten.

»Hallo, Charlie!« sagte ich und grinste.

Sie stellte Einkaufs- und Handtasche auf dem Stuhl ab und hauchte mir einen flüchtigen Kuß auf die Wange. »Rück ein Stück.«

Ich rückte, wofür die Rippen mich bestraften, und sie setzte sich auf den Rand des Betts.

»Ich hab dir Obst mitgebracht.« Zwei Äpfel, zwei Apfelsinen und drei Bananen packte sie auf den Nachttisch. »Und die soll ich dir von Christina geben.« Eine Tafel Sarotti-Vollmilch. »Darauf kannst du dir etwas einbilden. Bevor sie etwas von ihrem Vorrat herausrückt ... Na, du weißt schon.«

Ich mußte mich räuspern. »Gib ihr einen Kuß von mir.«

»Mach ich«, sagte sie hastig. »Ich soll auch schön grüßen. Von meiner Mutter, von Jupp, von Marie.«

»Danke.«

»Ach ja, und von Toni. Er will aber noch selbst vorbeikommen. Wahrscheinlich morgen.«

»Prima.«

Sie blickte auf ihre Hände. Ich auch. Lange, schlanke Finger. Einfach schön.

»Das war heute morgen vielleicht ein Schock«, sagte sie. »Ich wollte auch sofort kommen, aber es hieß, du seist noch ohne Bewußtsein. Deshalb ...«

»Wie hast du erfahren, was passiert ist?«

»Matern hat zwei Beamte vorbeigeschickt. Deine gesamte Kleidung war ja ruiniert und Schuhe hattest du überhaupt keine.« Ein nervöses Hüsteln. »Ich hab ihnen alles mitgegeben. Ausreichend Wäsche, dazu die graue Hose, das Fischgrätsakko und die schwarzen Halbschuhe. Und zwei von den neuen Eterna-Hemden. Sie sind noch eingepackt. Paß wegen der Nadeln auf.«

»Wo sind die Klamotten?«

Sie drehte ihren Kopf zu dem zweitürigen Fichtenholzmöbel neben dem Waschbecken. »Ich nehme an im Schrank. Soll ich nachsehen?«

»Nicht so wichtig.« Vorsichtshalber räusperte ich mich noch einmal. »Bist du sauer? Ich meine, wegen deinem Wagen?«

»Die blöde Kiste. Hat doch immer nur Ärger gemacht.« Wieder ihre Hände. Diesmal spielte sie mit dem Weißgoldring. »Ich bin doch heilfroh, daß dir nichts passiert ist. Ich meine, daß dir nicht mehr passiert ist, als dir passiert ...«

Risse in der Staumauer. Charlie versuchte, sie zu kitten, indem sie sich auf die Unterlippe biß, aber als ich nach ihrer Hand griff, wurde der Druck übermächtig. Die Mauer brach. Eine Flutwelle von Tränen schoß über ihre Wangen. Ich zog sie herab, barg ihren Kopf an meiner Brust und fuhr ihr durchs Haar. Laut schluchzend heulte sie meinen Druckverband naß.

»Alles wird gut«, murmelte ich. »Alles wird gut.«

Murmelte und murmelte. Murmelte, bis Charlie sich plötzlich aufrichtete.

»Was redest du für ein Blech?« sagte sie tränenerstickt. »Was soll gut werden? Nichts wird gut. Gib mir ein Taschentuch.«

»Woher soll ich hier ein Taschentuch nehmen?«

»Wenn man dich mal um was bittet.« Schließlich fand sie eins in ihrer Manteltasche, verwischte ihre Wimperntusche und schneuzte sich. »Alles wird gut, ja? Und warum wirst du dann bewacht wie die Goldreserven?«

Ich setzte an, aber sie war schneller.

»Wie ich dich kenne, hast du dafür natürlich eine ganz harmlose Erklärung. Aber die will ich nicht hören. Du sagst mir jetzt, was wirklich los ist. Was hat Matern gegen dich in der Hand? Da muß doch mehr sein, als die Pistole aus 31. Und wieso zieht man dich nachts um drei triefendnaß und barfuß aus dem Wrack des Stinkers? Weißt du eigentlich, wieviel Glück du gehabt hast? Der Wagen ist keine fünf Meter vor den Zapfsäulen der Tankstelle zum Stillstand gekommen. Ein bißchen mehr Schwung, und der ganze Verteilerkreis wäre ein einziger Krater.«

»Bist du fertig?«

»Ja!«

»Sehr schön.« Jetzt, da ich an der Reihe war, fiel mir nichts ein. »Womit soll ich anfangen?«

»Mit der Wahrheit.«

Ich atmete durch. »Okay. Hast du Zigaretten dabei?«

»Darfst du denn hier rauchen?«

»Natürlich.«

Ihr Blick war Unglauben pur, trotzdem nahm sie ein Päckchen Juno und eine Schachtel Welthölzer aus ihrer Handtasche. »Hier. Für den Fall, daß du dich irren solltest, mach ich das Fenster auf.«

Sie öffnete einen Flügel, während mich der erste Lungenzug beinahe ins Koma beförderte.

»Im wievielten Stock liege ich eigentlich?«

»Im zweiten.« Sie kam zurück. »Zu hoch zum Springen.«

»Kommt drauf an, was einen treibt. Welche Seite?«

»Mit Blick auf St. Kunibert. Willst du auch noch den Wetterbericht?«

»Den kann ich mir selbst machen. Grau, windstill, kühl, aber zu warm für die Jahreszeit. Nieselregen droht.«

»Perfekt.« Sie reichte mir den leeren Teebecher für die Asche. »Genug der Belanglosigkeiten. Rede Tacheles.«

Ich berichtete von meinem Besuch bei Schmitz, dem Massaker, das ich unter seinen Pflanzenkindern angerichtet hatte, und was sich auf der Marie-Luise ereignet hatte. Diesmal, ohne etwas auszulassen. Charlie hörte aufmerksam und regungslos zu. Als ich ihr jedoch mitteilte, welche Rolle der große Unbekannte nunmehr spielte, schlug ihr Teint nach krebsrot um.

»Dieses Schwein!« Ihre Augen wurden schmal wie Münzschlitze. »Er hätte es verdient, daß man ihm die Eier abschneidet.«

Ich war derart perplex, daß ich vergaß, zu inhalieren. Fluchen stand bei Charlie normalerweise auf dem Index. Und dann gleich so ein Hammer.

»Kein übler Gedanke«, sagte ich schmunzelnd. »Aber auf die Kastration würde ich glatt verzichten, wenn ich ihm die beiden Morde nachweisen könnte.«

»Was ist mit diesem Privatdetektiv? Er kann doch bestätigen, was auf dem Schiff tatsächlich passiert ist.«

»Könnte er, wird er aber nicht. Wenn er schlau ist, streitet er ab, mich überhaupt zu kennen.«

»Wieso? Er hat dir doch bisher auch geholfen.«

»Da ging er auch noch mit der Hoffnung schwanger, daß dabei für ihn fünftausend Mark herausspringen.«

»Und wenn ich ihm Geld biete?«

»Vergiß es! Er wird es nicht tun. Er müßte Matern gegenüber offenlegen, welche Rolle er in dem Fall gespielt hat.«

»Du meinst, daß nicht zuletzt die Ergebnisse seiner Observierungen das Motiv für die Morde geliefert haben?«

»Genau das.« Ich drückte die Zigarette aus. »Zumindest für den Mord an der Möbbich. Außerdem dürfte es mir schwer fallen zu beweisen, daß ich Herrn X nur auf die Marie-Luise gelockt habe, um ihn zu entlarven.«

»Da stände Aussage gegen Aussage. Bleibt die Frage, wem man mehr glauben würde.«

»In Sachen Glaubwürdigkeit hab ich ganz schlechte Karten.«

»Und was nun?« Charlie nahm einen Zipfel der Bettdecke in die Hand und zwirbelte ihn. »Du kannst doch nicht einfach hier liegen bleiben und warten, bis sie dich am Montag abholen.«

Mit Daumen und Zeigefinger massierte ich meine Kinnspitze. »Ich muß noch einmal gründlich nachdenken. Mich plagt nämlich der Gedanke, daß ich etwas entscheidendes übersehen habe. Vielleicht komme ich ja noch drauf.«

»Und wenn nicht?«

»Dann muß ich türmen.«

»Wie willst du denn hier herauskommen?«

»Das laß mal meine Sorge sein.«

»Oh, Leo! Und wohin? Die würden dich doch überall suchen.«

»Nach Antwerpen. Auf das erstbeste Schiff nach Südamerika.«

»Dann lieber nach Australien«, sagte Charlie. »Dahin würde ich mitkommen.«

Mir wurde ganz anders. Angenehm anders. »Ist das dein Ernst?«

Sie schenkte mir einen Blick, der mir auf einen Schlag alle sündigen Gedanken an die Monroes, Lollobridgidas und Ziemanns dieser Welt austrieb, und sagte weich aber bestimmt: »Wenn es nicht anders geht.«

Was folgte, war ein Kuß von der Sorte, der einem einmal in den späten Jahren in der Erinnerung einen harten, eisigen Winter lang warme Füße bescheren würde. Er hätte auch für zwei Winter gereicht, wäre nicht Schwester Roswitha hereingeplatzt.

»Ich hatte Ihnen doch gesagt, höchstens eine Viertelstunde, Frau Saalbach«, meckerte sie. »Ihr Mann braucht seine Ruhe.«

»Sie müssen entschuldigen«, sagte Charlie, zwinkerte mir zu und stand auf. »Wir haben nicht auf die Uhr geschaut.«

Alle Achtung, dachte ich, lügen kann sie auch.

»Brauchst du noch etwas?« fragte Charlie.

»Ich glaube, das würde Schwester Roswitha nicht gefallen.«

»Gut. Ich komme dann morgen wieder.«

Als sie die Handtasche vom Stuhl nahm, kippte die Einkaufstasche um. Ein Schlüsselbund, Charlies Portemonnaie und ein DIN A4-Umschlag fielen heraus.

»Den muß ich unbedingt noch einwerfen«, sagte sie, als sie das Kuvert wieder einsteckte.

»Was wichtiges?«

»Nein. Ein Brief an Tante Käthe mit einigen Aufnahmen der Kleinen, die ich ihr versprochen hatte.« Ein Abschiedskuß. »Bis morgen.«

»Bis morgen.«

Charlie ging, und Schwester Roswitha sagte: »Sie bekommen gleich Ihre Spritze. Schlafen Sie also nicht ein.«

»Ja, ja.«

Dann war ich wieder allein. Grübelnd starrte ich an die Decke. Und plötzlich saß ich – gebrochene Rippen hin oder her – senkrecht im Bett.

Ein Briefumschlag! Natürlich! Die Lösung des Falls steckte in einem Umschlag.

Und ich war mir sicher, wo ich ihn finden würde.

Meinen uniformierten Wachhund lernte ich kennen, nachdem ich mich lautstark geweigert hatte, die Bettpfanne zu benutzen. Mit einem Unwetter schwarzer Punkte vor den Augen und gestützt von Schwester Isolde, einem kleinen aber zähen und kratzbürstigen Stück, humpelte ich den Gang entlang zum Stationsklo. Er trabte hinterher. Ein Meter achtzig, muskulös, breites Kinn, unbestechlicher Blick. Mein Begrüßungsnicken hatte er kaltschnäuzig ignoriert. Dafür lag seine Hand ganz locker auf der Pistolentasche.

Die Klotür durfte nur angelehnt werden, was mich derart irritierte, daß ich nicht konnte. Trotzdem blieb ich geschlagene fünf Minuten hocken, wickelte anschließend geräuschvoll einen halben Meter Klopapier ab und betätigte die Spülung.

Zurück im Bett kalkulierte ich meine Fluchtchancen. Sie standen beschissen. Selbst im Vollbesitz meiner Kräfte hätte ich mit dem Muskelprotz vor der Tür meine liebe Mühe gehabt. Und in meiner derzeitigen Verfassung konnte ich es nicht einmal wagen, mich mit dem knickohrigen Gartenzwerg von Oberarzt anzulegen. Was ich brauchte, war eine List. Ich grübelte, wie die aussehen könnte. Darüber schlief ich ein.

Das Abendessen war eine Frechheit, und das sagte ich auch. Eine Scheibe Kastenbrot, ein Klecks Margarine und zwei mickrige Scheiben Dauerwurst, durch die man hindurchsehen konnte. Schweinefraß nannte ich das. Daraufhin verpaßte mir Schwester Isolde einen Rüffel, wie ich ihn seit den seligen Marineschultagen in Flensburg-Mürwik nicht mehr kassiert hatte. Ich gab kräftig Kontra, und zur Strafe räumte sie das Tablett einfach wieder ab. Einschließlich des Schälchens Dosenobst, das eigentlich ganz appetitlich ausgesehen hatte. Um nicht zu verhungern, steckte ich mir einen Riegel Schokolade in den Mund. Während er langsam zerging, döste ich erneut ein.

Sonntag, 03. Februar 1957

Kurz nach Mitternacht. Das Laken des unbelegten Nachbarbetts zu zerreißen, kostete mich mehr Kraft, als ich eigentlich hatte. Dreimal mußte ich mich setzen, um zu verschnaufen. Als ich schließlich die Streifen zusammenknotete, ergab sich ein Seil von vielleicht sechs Metern Länge. Das eine Ende befestigte ich am Fensterkreuz und warf das übrige hinaus. Wie weit es hinabreichte, war nicht zu erkennen, aber es machte sich gut. Zügig holte ich es wieder ein, um nicht vorzeitig aufzufallen.

Das Ankleiden war eine einzige Qual. Bereits nach dem Anlegen der Unterwäsche triefte ich von kaltem, sauren Schweiß. Aber ich hielt durch. Mit zusammengebissenen Zähnen. Die Hose. Das Hemd. Als ich die Schuhe schnürte, wurde ich vor Schmerzen beinahe ohnmächtig.

Japsend und völlig groggy lag ich flach. Zehn Minuten schlafen. Oder wenigstens fünf. Schritte auf dem Gang schreckten mich auf. Irgendwo ging eine Tür. Ich riß mich zusammen.

Mit dem Paravent, der bisher zusammengeschoben in der Ecke gestanden hatte, deckte ich den Raum vor dem Waschbecken ab. Ganz der schamhafte Kerl, der sich untenrum gewaschen hat. Dann leerte ich die Bettflasche im Becken aus und stellte sie hinter dem Wandschirm auf den Boden. Für alle Fälle.

Zurück zum Bett. Die Bettdecke zwängte ich in das abgelegte Nachthemd und schnürte dem Paket mit der Rolle Mull, die ich Schwester Isolde vom Medikamentenwagen geklaut hatte, eine Taille. Das wurstige Bündel täuschte so perfekt wie ein Stück Borstenvieh, das sich als Windhund ausgibt, aber bei Nacht würde es seinen Zweck erfüllen.

Zuletzt verkeilte ich den Stuhl mit der Lehne unter der Türklinke. Das würde zwar niemanden ernsthaft aufhalten, schon gar nicht den Kraftklops, aber die eine oder andere Sekunde würde es mir verschaffen. Und die konnte ich in meinem Zustand verdammt gut brauchen. Eine Trockenübung bestätigte das. Ich war erschreckend langsam. Und im Dunkeln würde es nicht schneller gehen. Egal – eine andere Chance hatte ich nicht.

Ich löschte das Licht, schleppte das ausgestopfte Nachthemd zum Fenster, öffnete beide Flügel, ließ das Lakenseil hinab und warf das Bündel hinterher. Es prallte vor die Fassade und landete auf halber Strecke zwischen der Hauswand und den Bäumen. Perfekt. Dann holte ich tief Luft – was die Rippen wieder einmal übelnahmen – und krähte in die Nacht hinaus wie ein Bergsteiger, der die Eiger-Nordwand im Sturzflug passiert. Leiser werdend, verhallend. Ich huschte hinter den Paravent. Ducken und die gläserne Urinflasche wie eine Keule in die Hand nehmen. Keine Sekunde zu früh.

An der Tür wurde gerüttelt.

»Aufmachen!«

Erneutes Rütteln.

»Machen Sie auf!«

Dann sah ich förmlich, wie der Wachtmeister Anlauf nahm. Krachend flog die Tür auf, was, dem Geräusch nach zu urteilen, aus dem Stuhl Kleinholz machte. Der Lichtschalter wurde betätigt.

»Saalbach?«

Schwere Schuhe polterten Richtung Fenster.

»Oh, nein! Scheiße! Der Alte macht mich lang.«

Die Schuhe kamen zurück, verließen den Raum, trampelten den Gang hinunter.

»Schwester!« hörte ich ihn rufen. Und dann, entfernter: »Schwester, wo sind Sie?«

Ich lugte vorsichtig um die Ecke. Der nachts nur notdürftig beleuchtete Stationsflur war leer. Ich öffnete die Tür des gegenüberliegenden Zimmers, zog sie auf und schlüpfte hinein. Belegt war es mit einem konfus sägenden Schnarcher-Quartett. Ein Ohr an der Tür, versuchte ich mich auf das zu konzentrieren, was sich auf dem Gang tat. Laufschritte mehrerer Personen näherten sich. Ein aufgeregtes, unverständliches Geschnatter schwoll an, ebbte ab, schwoll wieder an. Dann wurden die Stimmen wieder leiser und verstummten schließlich ganz. Langsam öffnete ich die Tür spaltweit. Niemand mehr zu sehen.

Dicht an der Wand schlich ich in die Richtung, in der das Treppenhaus liegen mußte. Keine Deckung. Ein mulmiges Gefühl. Das Stationszimmer. Die Tür stand offen. Ein kurzer Blick. Leer.

Über dem Stuhl hing ein weißer Kittel. Er paßte wie maßgeschneidert. Auf dem Tisch entdeckte ich die Insignie des Medizinerstandes schlechthin. Ein Stethoskop. Ich klemmte die Bügel in den Nacken und trat vor den Spiegel. Er gab mir recht. So sehen Ärzte aus. Mal abgesehen von der Pipiflasche, die ich noch immer in der Hand hatte.

Die verbarg ich denn auch hinter dem Rücken, als ich die Treppe nahm. Hängende Schultern, gesenkter Kopf, schlurfende Schritte. Ganz der übermüdete Arzt, der Nachtdienst schiebt. Treppab. Erster Stock. Erdgeschoß. Ich war allein unterwegs.

Die Eingangshalle. Rechts vom Portal die Pförtnerloge. Unbesetzt. Etwas zügiger schritt ich auf den Ausgang zu. Noch zehn Meter. Noch fünf. Gleich hätte ich es geschafft. Die Tür schwang auf – und mein Wachhund stürmte herein.

Kein Wimpernzucken, kein Herzstillstand, gar nichts. Ich ging einfach weiter, eins mit meiner Rolle. Doktor Sowieso auf dem Weg nach Nirgendwo. Wir waren bereits aneinander vorbei, als ich spürte, wie er stehenblieb.

»Entschuldigen Sie, Herr Doktor«, sagte er, während ich mich langsam umdrehte. »Haben Sie zufällig ...«

Wir blickten uns jetzt voll an, und in seinen Augen zündete der Funke der Erkenntnis. Weiter kam er nicht, denn die Bettflasche traf ihn am Kinn. Das Glas war hart, und ich traf ihn sauber. Er kippte um und streckte sich auf dem Marmor aus.

Die Pförtnerloge war nicht abgeschlossen. Ich packte den Wachtmeister unter den Achseln und schleifte ihn hinein. Er war schwer, und ich war schwach, aber es ging. Die Handschellen, die er dabei hatte, paßten ihm wie angegossen, und sein noch unbenutztes Taschentuch gab einen prima Knebel ab. Mit etwas Glück würden sie ihn so bald nicht finden.

Und dann entdeckte ich das Telefon. Es gab Freizeichen, als ich abhob. Also wählte ich die 31031 des Taxirufs in der Benesisstraße und bestellte mir eine Droschke. Ja, Kaiser-Friedrich-Ufer Ecke Kunibertsklostergasse würde ich warten.

Als ich in die kalte Nacht hinaustrat, blinkte am Himmel kurz ein Licht auf. Vermutlich nur ein Flugzeug. Vielleicht aber auch eine Sternschnuppe.

Sicherheitshalber wünschte ich mir was.

Den eigenen Wagen zu klauen ist pervers, aber ich hatte keine Lust, Charlie aus dem Bett zu klingeln und lange Erklärungen abgeben zu müssen. Also wartete ich, bis das Taxi verschwunden war, und schlug das Ausstellfenster auf der Beifahrerseite des Porsche ein. Eine Minute später startete ich.

Ich nahm denselben Weg wie vor zwei Nächten. Ring, Göbenstraße, Gilbachstraße. Dieselbe Parklücke. Wieder Dauerklingeln und ein Krampf im Daumen, bis endlich geöffnet wurde. Die Treppenhausbeleuchtung war noch immer defekt. Klebrige Stufen, Kohlgestank und Pitters monströser Schattenriß auf dem Podest. Selbstverständlich in Unterhosen und Pantoffeln.

Ich hasse Wiederholungen von schlechten Filmen.

»Saalbach?«

»Höchstpersönlich.«

»Ich dachte, du sitzt ein.«

»Weswegen sollte ich?«

»Na, wegen der Sache mit Ferdi.«

»Du glaubst doch nicht etwa ...«

»Nö, ich nicht.« Er kratzte sich am Bauch. »Sonst wärst du auch schon ein toter Mann. Komm erst mal rein.«

Das Wohnzimmer verbreitete die gleiche nüchterne Sachlichkeit wie zuletzt. Den einzigen Unterschied machte ein Foto mit Trauerflor in einem Silberrahmen mitten auf dem Tisch. Ein lachender Ferdi in schwarzweiß.

»Den Rahmen hab ich extra gekauft«, sagte Pitter und holte zwei Flaschen Bier aus dem Kasten in der Ecke.

Wir setzten uns, und ich sagte: »Hübsch.«

»War auch nicht billig.«

»Bist du halbwegs drüber weg?«

Er verzog das Gesicht. »Wenn ich sauf, fällt's leichter. Prost!«

»Prost!«

Mit dem Handrücken fuhr er sich über die Lippen. »Obwohl die Bullen das behauptet haben.«

Ich brauchte einen Augenblick, bis ich kapierte, das er weiter vorn angeknüpft hatte. »Die Bullen behaupten immer das, was ihnen gerade in den Kram paßt.«

»Ich hab's trotzdem überprüft.«
»Was?«
»Ob du es hättest sein können.«
»Und?«
»Laut den Medizinonkels ist Ferdi zwischen vier und fünf Uhr morgens erschossen worden. In der Zeit warst du bei Reulen.«
Ich zündete mir eine der letzten Junos an. »Hast du ihn gefragt?«
Pitter nickte. »Ihm allein hätte ich nicht geglaubt. Dem linken Hund. Aber die Tussi, die bei ihm wohnt, hat das auch bestätigt. Und die machte einen ehrlichen Eindruck. Du bist fein raus.«
Daß je der Tag kommen würde, an dem ich Sibylle etwas zu verdanken hätte, hätte ich nie für möglich gehalten. »Vielleicht bei dir«, sagte ich. »Nicht bei den Bullen.«
»Scheiß auf die Bullen!« Er leerte seine Flasche in einem Zug und stemmte sich aus dem Sessel. »Auch noch eins?«
»Laß mal.«
Der rückwärtige Teil seiner Unterhose, den er präsentierte, als er sich nach der Bierkiste bückte, war eine Schande für das ganze männliche Geschlecht. Ich guckte woanders hin.
»Wo ist eigentlich meine Knarre abgeblieben?« fragte er, als er wieder saß.
»Die ist ertrunken.«
Er hob die Brauen. »Die war teuer.«
»Das hat ihr auch nichts genützt.« Ich schilderte ihm kurz, was sich in der letzten Nacht auf der Marie-Luise ereignet hatte, allerdings ohne Schmitz zu erwähnen.
»Verfluchter Dreck!« Pitter schlug auf den Tisch, daß der Rahmen umkippte. Behutsam stellte er ihn wieder auf. »Ich werd nicht mehr. Die Kanone liegt im Hafenbecken, und die Fotos sind weg. Wie sollen wir dem Kerl denn nun beikommen?«
»Er war auf keinem der Fotos. Der Verlust hält sich also in Grenzen.«
»Meinst du?«
»Mein ich.«
»Hm.« Pitter stülpte die Unterlippe vor und ließ die freie Hand über den Bauch kreisen. Als er den Nabel fand, steckte er den kleinen Finger hinein und bohrte. Nach einer Weile zog er ihn

wieder heraus und begutachtete seinen Fund von allen Seiten. »Du glaubst, woanders sind noch andere Fotos, wie?«

»Genau das beschäftigt mich«, sagte ich, trank aus und warf den Zigarettenstummel in die Flasche. »Ferdi hat in der Nacht von Mittwoch zu Donnerstag einen Briefumschlag eingeworfen. In den hat er zuvor etwas gesteckt, daß er aus dem Kofferraum seines Wagens genommen hat.«

»Woher willst du das wissen?«

»Das ist doch jetzt egal.«

Einen Moment dachte ich, er wolle auf dem Punkt herumreiten, als er sich plötzlich vor die Stirn schlug, daß es klatschte. »Mensch, die Kassette! Die hab ich total vergessen.«

»Was für eine Kassette?«

»Na, die Stahlkassette, die Ferdi in den Kofferraum hat einschweißen lassen. Für Geld und so.« Pitter sprang auf. »Los, wir gucken nach. Der Opel steht vor der Tür.«

Ich blieb sitzen.

»Vergiß es. Da wirst du nichts finden. Was wir brauchen, ist der Umschlag.«

Enttäuschung kroch über sein Gesicht wie eine häßliche Made. »Aber … wo kann der sein?«

»Denk nach. Zu wem hatte Ferdi soviel Vertrauen, daß er ihm nach Lollos Tod seine kleine Rückversicherung geschickt hätte?«

Er setzte sich wieder. Im Stehen denken war nicht sein Fall.

»Zu mir«, sagte er schließlich leise und bekam ganz weiche Züge. »Mir hat er immer vertraut.«

»Siehst du.«

Dann bemerkte er meinen erwartungsvollen Blick. Langsam schüttelte er den Schädel. »Ich hab aber keinen Brief bekommen, Saalbach. Ich krieg nie Post.«

»Jeder kriegt irgendwann Post. Er muß Freitag oder Samstag gekommen sein.«

»Nein, zum Teufel.«

»Hast du im Briefkasten nachgesehen?«

»Ich hab gar keinen.«

Langsam wurde ich unruhig. Dabei war ich mir so sicher gewesen. »Könnte jemand den Brief für dich angenommen haben? Irgendwer aus dem Haus?«

Er zuckte mit den Schultern, was ungefähr so war, als hebe sich der Horizont. »Höchstens die Tant.«

»Welche Tante?«

Er zeigte auf den Fußboden. »Hier drunter. Im Ersten. Ist keine richtige Tante, aber wir haben sie immer so genannt.«

Der kleine Propeller in meinem Bauch nahm den Betrieb wieder auf. »Worauf warten wir?«

»Die schläft doch jetzt.«

»Und dein Bruder liegt jetzt in der Kühlkiste.«

Mehr brauchte ich nicht zu sagen.

Alte Frauen aus dem Bett zu klingeln, war gemein. Und so tat mir die Tante denn auch mächtig leid, wie sie klein und grau und mit eingefallenen Wangen auf dem Küchenstuhl hockte und immer wieder murmelte: »Nee, nee, daß das mit dem Ferdi so kommen mußte.«

Derweil stellten Pitter und ich die Wohnung auf den Kopf. Die Tante meinte zwar, sich zu erinnern, daß der Postbote etwas bei ihr abgegeben hatte, nur wußte sie nicht mehr, wann das gewesen war, und wo sie es hingelegt hatte.

Den Küchenschrank nebst Aufsatz, die beiden Hängeschränke, die Unterschränke der Spüle und die Küchentischschublade hatte ich durchstöbert. Nichts. Einen Kühlschrank hatte die alte Dame nicht. Aber einen Gasherd mit Bratröhre. Der Gedanke war zwar abwegig, aber …

Meine Hand zitterte, als ich den weißen Umschlag zwischen der Springform und dem abgestürzten Kuchenblech hervorzog. »Zur Aufbewahrung« stand in windschiefen Druckbuchstaben oberhalb der Adresse, die mit »Herrn Ferdi Pinnschik, z. Zt. in Logis bei Herrn Peter Viehöver« begann.

Ich wollte schon Laut geben, als ich innehielt. Mal vorausgesetzt, der Umschlag enthielt, was ich erwartete, was würde passieren? Zweifellos würde Pitter losstürmen und den Kerl kaltmachen. Damit war mir aber nicht gedient. Ich brauchte ihn lebend. Also besser, ich warf zunächst allein einen Blick hinein.

Die Gelegenheit war günstig. Die Tante war inzwischen eingenickt, und Pitter war noch immer im Wohnzimmer zu Gange. Dem Geräusch nach riß er gerade die Tapete herunter. Postminister Lemmers brennenden Blick im Genick verspürend, öffnete ich das Kuvert.

Ein Negativ und ein Abzug. Die Möbbich in Stellung. Der Freier in Ekstase. Fein gekörnt. Gestochen scharf.

Schockiert? Ja, doch. Aber nur kurz, dann überwog Erleichterung. Erleichterung, weil ich endlich wußte, wer mein Gegenspieler war. Weil ich wie ein vorübergehend Erblindeter schlagartig meine Sehkraft zurückerlangt hatte. Und auf einmal paßten alle Ereignisse zusammen, fügten sich die einzelnen Puzzlestücke zu einem Ganzen.

Während Pitter nebenan laut fluchend ein Möbel durch die Gegend wuchtete, steckte ich das Kuvert ein und schlich mich unbemerkt aus der Wohnung.

Höchste Zeit, die Sache zu Ende zu bringen.

Mülheim, Düsseldorfer Straße. Die letzten einhundert Meter ging ich zu Fuß. Auf der anderen Straßenseite wuchsen langsam die Konturen der Nummer 29 aus dem nächtlichen Dunkel. Pechschwarze Fenster, die mich an Nisthöhlen böser, unheilbringender Vögel erinnerten.

Ich wechselte hinüber. Das schmiedeeiserne Tor stand offen. Keine Spur von dem BMW. Hinter der Hausecke Licht. Neben dem Eingang brannte die Außenleuchte. Die Haustür war zweimal abgeschlossen, aber die Sperrkette nicht vorgelegt. Offenbar war der Vogel ausgeflogen. Ich knipste die Taschenlampe an.

Die Diele hätte einem Krupp Titan bequem als Garage gereicht. Dunkel gebeizte, mannshohe Vertäfelungen, darüber ein cremefarbener Anstrich. Der Boden marmorgefliest, nur in der Mitte, unter dem Kronleuchter, von einem Teppich bedeckt. Links eine Eichenkommode, darüber ein Spiegel mit Messingrahmen. Rechts daneben die Garderobe. Ein Krückstockschirm im Ständer, Lederhandschuhe und Hüte auf der Ablage, mehrere Mäntel an den Haken. Aber kein Lodenmantel. Kalter Zigarrenrauch hing in der Luft.

Neben der Standuhr, deren Zeiger auf zehn vor neun stehengeblieben waren, führte eine doppelflügelige Tür ins Wohnzimmer. Auch hier die Wände halbhoch verkleidet. Darüber eine düstere Tapete, bedruckt mit unfrohen Blumen. An der Stirnwand zwei Gebirgspanoramen in Öl. Auf dem Parkettboden lagen schwere Perserteppiche. Ein Ledersofa, drei dazu passende Sessel, gruppiert um einen ovalen Holztisch mit Intarsien. Ein schwerer, viertüriger, verzierter Schrank. Die mittleren Türen mit Glaseinsätzen. Hinter den Scheiben der übliche Büchergilde-Querschnitt und einige ledergebundene Schwarten.

Der Barwagen am dümmsten Platz, vor dem Kamin. Verpoorten-Eierlikör, Cuaracao, Türkisch-Mokka, Minzlikör, Sherry und Mampes Kirsch als Weiber-Weichkocher. Dujardin Imperial, Hennessy und Import-Whisky für den Galan. Der Eiskübel halb voll Wasser. Auf dem Kaminsims reihte sich Nippesfigürchen an Nippesfigürchen. Pferdchen, Hündchen, Mädchen mit Blumenkörbchen.

Zur Rückseite schloß sich ein Wintergarten an. Ein Tisch und einige Korbsessel, umzingelt von Palmen, Farnen und einem Gummibaum. Auf dem Tisch ein Glasaschenbecher, ein Tischfeuerzeug und ein Zigarettenspender voll Senoussi.

Als ich das Zimmer verlassen wollte, fiel mein Blick auf den Schachtisch neben der Tür. Das Endspiel einer Partie. Weiß war am Zug, denn Schwarz bot Schach. Wie im richtigen Leben.

Komplettiert wurde das Erdgeschoß von Küche und Wirtschaftsraum. Gefließt, gekachelt, geschrubbt, keimfrei.

Ein Läufer aus rot gefärbtem Sisal zog sich die geschwungene Holztreppe hinauf. An der Wand gekreuzte Degen, ein einzelner Säbel und zwei Musketen. In der ersten Etage, nach hinten hinaus, ein buntes, bleiverglastes Fenster. Geeignet, den Domprobst erst das zehnte und dann das siebte Gebot vergessen zu lassen.

Im Schlafzimmer herrschte ein strenger Männergeruch. Eine Mischung aus Alkohol, Tabak und Schweiß. Das Bett war zerwühlt, aber kalt.

Ich öffnete den Kleiderschrank. Eine Reihe Hosen auf Bügeln, ein Stapel geplätteter Hemden und ein gutes Dutzend Krawatten über ihrer Stange. Ein Spiegel auf der Innenseite der Tür war beim Binden behilflich. Auf dem Hutboden ein mit Seidenpapier ausgestopfter Borsalino, eine karierte Sportmütze, zwei Pullover und eine kleine Pappschachtel mit Manschettenknöpfen und Kragennadeln. Hinter der mittleren Tür Leibwäsche für alle Temperaturen, Socken, Strümpfe, Taschen- und Einstecktücher, Gürtel und Hosenträger. Die dritte und letzte Tür. Etliche Anzüge unterschiedlicher Qualität, ein Regenumhang und ganz außen – Bingo.

Ich nahm den Lodenmantel heraus. Knöpfe wie der, den man bei der Möbbich gefunden hatte. Insgesamt sechs. Aber es hätten sieben sein müssen. Der dritte von oben fehlte.

Der Vollständigkeit halber kontrollierte ich noch den Nachttisch. Eine Lampe mit verschobenem Schirm, ein umgestürzter Wecker, ein überquellender Aschenbecher, ein leeres Glas und ein Schundroman voller Eselsohren. In der Schublade Taschentücher, Präservative und ein Stapel Nackedeifotos. Vorkriegsware mit retuschierten Schambereichen. Niemand bekanntes. In der hintersten Ecke ein Röhrchen Seconal mit eins, zwei, drei, vier, fünf Tabletten. Ich wog sie in der Hand – und das Licht ging an.

Ein Sicherungsbügel klickte, und es folgte eine Stille, wie ich sie bisher nur im Gürzenich erlebt hatte. Der Augenblick zwischen dem letzten Ton des Orchesters und dem ersten Applaus.

Ohne mich umzudrehen, sagte ich: »Hallo, Schwiegerpapa.«

Leyendeckers Arbeitszimmer, sein Allerheiligstes, wie er selbst es nannte, lag am Ende des Flurs. Freundliche Tapete, helle Nußholzmöbel. Biedermeier, wenn ich nicht irrte.

»Wie bist du eigentlich reingekommen?« fragte er, während er mit der freien Hand seinen Krawattenknoten bearbeitete.

»Sibylles Reserveschlüssel.« Ich lehnte mich zurück. Bequem war er, der Ohrensessel. Unangemessen bequem, wenn man bedachte, in welcher Lage ich mich befand. »Unter der Terrakottaschale.«

Er verstand nicht.

Ich half ihm. »Die Pflanzschale am Fuß der Eingangstreppe.«

»Liegt er etwa noch immer da?«

Ich hielt mir die Hände vor die Augen und nahm sie wieder weg. »Siehst du mich, oder siehst du mich nicht?«

Jetzt hatte er es geschafft. Die Krawatte hing auf Halbmast und der Kragen stand offen. Routiniert überstellte er die Browning in die Linke, zog ein Taschentuch hervor und wischte sich den Schweiß aus seinem vom jahrelangen Branntweinmißbrauch geröteten Gesicht.

»Ich dachte, ich sehe nicht recht«, sagte er. »Zittert da ein Lampenstrahl hinter dem Wohnzimmerfenster. Ich wußte sofort, was Sache ist. Nur hab ich nicht damit gerechnet, daß du es bist.«

»Ich hätte die Vorhänge zuziehen sollen.«

»Allerdings. Aber das ist typisch für dich. Leichtsinn und Selbstüberschätzung.«

»Charakterzüge, wegen derer du Sibylle seinerzeit vor mir gewarnt hast.«

Er bellte kurz. Sein typisches Lachen. »Zu Recht, wie wir wieder einmal feststellen durften. Völlig zu Recht.«

»Was dagegen, wenn ich rauche?«

»Nur zu«, sagte er heiter.

»Ich hab keine Zigaretten mehr.«

Mit den Augen wies er auf das Edelholzkistchen auf der Schreibtischplatte. »Da sind Zigarren. Bedien dich.«

Ich beugte mich vor und klappte die Kiste auf. Blonde 20er von Burger. »Hast du keine Besseren?«

»Für einen Penner wie dich sind selbst die noch zu schade.«

»Na, hör mal, das könnte immerhin meine Letzte sein.«

»Das ist deine Letzte«, sagte er ungerührt. »Aber um Geschmack zu lernen, ist es zu spät. Da hättest du ein paar Jahre früher anfangen müssen.«

Ich kann nicht sagen, daß sein Geschwätz mich gleichgültig ließ, aber die richtige, dicke Angst machte er mir damit noch nicht. Während ich den Stumpen anrauchte, fragte ich: »Was hast du eigentlich so spät noch gemacht? Mal wieder eine Frau erdrosselt?«

Er fuhr aus dem Sessel hoch. »Paß auf, was du sagst, du Hurensohn!« Aber er hatte sich sofort wieder unter Kontrolle. »Dein großes Maul wird dir diesmal nichts nützen, Leonhard. Es war ausgesprochen dumm von dir, in mein Haus einzubrechen. Man wird dich als erschossenen Einbrecher zu Grabe tragen.«

»Du meinst: In das Haus deines Schwiegervaters.«

Wie auf Kommando führte sein Adamsapfel einen Veitstanz auf.

»Das ist mein Haus!« brüllte er.

Also saß der Stachel noch immer.

Ich drückte ihn noch ein wenig tiefer hinein. »Ich erinnere mich noch sehr gut an eine höchst aufschlußreiche Unterhaltung mit deiner Frau, kurz vor ihrem Tod. Da hat sie mir nämlich erzählt, wie die Sache damals wirklich gelaufen ist. Sie sagte, ihr Vater hätte schon 1927 die Zeichen der Zeit erkannt gehabt. Und obwohl er selbst, als alter Zentrumsmann, mit der Bande nichts zu tun haben wollte, hielt er es für opportun, wenigstens einen in der Familie zu haben, der über das zukunftsweisende Parteibuch verfügte. Dafür nahm er sogar in Kauf, einen stadtbekannten Habenichts und Tunichtgut zum Schwiegersohn zu bekommen.«

»Halt dein dreckiges Maul!« Krebsrot im Gesicht sprang er wieder auf.

»Nur hatte der Alte deine Verschlagenheit unterschätzt«, fuhr ich unbeirrt fort. »Kaum im Sattel, hast du die Firmenleitung an dich gerissen und ihn ausgebootet. Woraufhin er schwermütig wurde und sich oben auf dem Speicher ...»

Leyendecker beugte sich vor und zog mir den Lauf der Browning über die Wange, daß ich bereits elf Wochen vor Ostern den

Dicken Pitter läuten hörte. Ich befühlte die Stelle, wo er mich getroffen hatte. Die Haut war aufgeplatzt, und Blut rann.

»Noch ein Wort«, zischte er böse. »Noch ein einziges Wort, und ich leg dich auf der Stelle um.«

»Nun reg dich doch nicht gleich so auf.« Meine Stimme klang hohl. »Ich hab lediglich wiedergegeben, was deine Frau mir erzählt hat. Muß ja nicht die Wahrheit sein.«

»Das ist auch nicht die Wahrheit! So jedenfalls nicht.«

Ich nahm mein Taschentuch aus der Jackentasche und preßte es auf den Schmiß. »Jetzt könnte ich einen Kognak vertragen.« Und, da er nicht reagierte, schob ich nach: »Der letzte Wunsch eines Delinquenten.«

Noch immer nur mühsam beherrscht, setzte er sich wieder und hantierte mit der linken Hand außerhalb meines Sichtfeldes. Zuerst tauchte eine viertelvolle Flasche Hennessy auf, danach zwei Kognakschalen.

»Schenk ein«, sagte er.

Der Verschlußstopfen saß sehr fest. Ich klemmte die Flasche zwischen die Oberschenkel und versuchte es mit beiden Händen. Nichts ging. Um nicht abzurutschen, mußte ich ihn mit dem Taschentuch umwickeln.

»Probleme?« fragte Leyendecker.

»Feuchte Hände. Und die angeknacksten Rippen schmerzen.«

»Von dem Überschlag am Verteilerkreis?«

Ich nickte. »Woher wußtest du, daß ich in dem Wagen saß?«

Während ich nacheinander die Schalen in die Hand nahm und sie randvoll kippte, sagte er: »Ich dachte zuerst, es sei dieser Heini, der mich angerufen hat. Als die Karre dann auf dem Dach lag, hab ich angehalten und wollte mich vergewissern. Und wen entdecke ich da?« Überflüssigerweise zeigte er auf mich. »Ich war mir sicher, daß du hinüber warst. Plötzlich kommt so ein alter Knacker auf 'nem Fahrrad, kriecht in den Schrotthaufen rein und sagt, daß dein Puls schlägt. Schöne Bescherung.«

Für sein Quantum brauchte er zwei Züge. Ich nippte nur. Dann feuchtete ich einen Finger an und desinfizierte meine Wunde. Es brannte.

»Eigentlich war der Kognak nur der vorletzte Wunsch«, sagte ich. »Mein letzter ist, daß du die Piepen, die du mir noch schuldest, nach meinem Ableben an Charlotte Dorn überweist. Du weißt schon, mein Kompagnon.«

»Hör sich einer diesen frechen Scheißer an!« Er amüsierte sich prächtig. »Gerade erst hat er mich um fünftausend Märker erpreßt, da will er schon wieder abkassieren.«

»Was redest du für einen Mist? Ich war es nicht, der dich erpreßt hat.«

»Ach? Willst du mir etwa weismachen, den Coup hätten sich die kleine Nutte und der Krüppel allein ausgedacht?« Er tippte sich an die Stirn. »Dafür waren die doch viel zu dämlich.«

Ich blies einen Rauchkringel und sagte: »Immerhin hat es gereicht, dich hereinzulegen.« Einen zweiten Kringel durch den ersten zu schicken, klappte natürlich nicht. Wie immer.

Energisch schüttelte er den Kopf. »Allein hätten die das nie geschafft. Die beiden waren Handlanger. Typen aus dem Milieu, die wenig Fragen stellen und sich auf jede krumme Sache einlassen, solange dabei fünf Mark fünfzig herausspringen. Aber die waren keine Strategen.«

Ich inspizierte die Asche. Die Zigarre brannte gleichmäßig. »Ein Milieu, in dem du dich inzwischen auch recht heimisch zu fühlen scheinst.«

»Das war ein einmaliger Ausrutscher.«

»Das sagen alle notorischen Puffgänger, wenn sie erwischt werden.« Ich grinste feist. »Außerdem – war es nicht so, daß Sibylle dich seinerzeit mal mit einer deiner Kontoristinnen im Büro überrascht hat?»

»Das tut hierbei nichts zur Sache! Wir reden hier von der Erpressung. Von den kompromittierenden Fotos. Von deinem Werk.«

»Man kann sich auch was einreden.«

Seine Augen wurden schmal, und seine Stimme klang plötzlich gepreßt. »Und wieso bin ich genau um den Betrag erleichtert worden, den ich dir deiner Meinung nach noch schuldig sein soll, hä?«

Das war mir bisher überhaupt nicht aufgefallen. Aber er hatte recht. Die Summe, die er mir für den Kaffee schuldete, deckte sich mit der, die Möbbich und Pinnschik ihm abgepreßt hatten.

»Ein blöder Zufall«, sagte ich.

Klang lahm, stimmte aber.

»Das kannst du sonstwem erzählen. Mir nicht.« Er benutzte die Browning als verlängerten Zeigefinger. »Gieß noch mal ein.«

Der Rest in der Flasche reichte gerade für ihn.

»Wenn das kein Stoff für eine Tragödie ist«, seufzte ich, während er schluckte. »Da hast du doch tatsächlich geglaubt, als die beiden mich aus der Ha-Mo geschleppt haben, du hättest den Beweis für deine Theorie. Was ich aber noch immer nicht verstehe, warum hast du deinen Kumpel Matern nicht ins Vertrauen gezogen? Wie ich ihn kenne, hätte er den Fall mit äußerster Diskretion gehandhabt.«

»Ganz einfach: Ich bin Matern nicht gerne etwas schuldig.«

»Heute morgen bist du dann aber doch bei ihm aufgetaucht und hast dich als Zeuge angedient.«

Er lächelte. »Hätte ich gewußt, daß ich dich heute abend hier erwische, hätte ich das bleiben lassen. Ist die Flasche leer?«

»Da steht sie doch.«

Er kniff die Augen zusammen. Sie blieb so leer, wie sie war.

Ich schob ihm meine noch fast volle Schale rüber. »Nimm den.«

Er griff zu und gurgelte den Inhalt weg. Schwere Schweißtropfen sammelten sich auf Stirn und Oberlippe.

»Bist du eigentlich mit dem Vorsatz nach Nippes gefahren, die Möbbich umzubringen?«

»Quatsch!« polterte er und machte eine schwunglose Handbewegung. »Ich wollte euch zur Rede stellen. Wollte, daß die Erpressungen aufhören, und daß ihr die restlichen Fotos rausrückt.« Ihm war warm. Er öffnete einen weiteren Knopf. »Aber die kleine Schlampe hat nur gelacht und damit gedroht, die Schnappschüsse an alle Zeitungen und ins Rathaus zu schicken.«

Ich sagte nichts.

»Was glaubst du, was Burauen und Konsorten mit mir gemacht hätten, hä?« Aus trüben Augen stierte er mich an. »In der Luft hätten sie mich zerrissen. Ich wäre erledigt gewesen. Ein für alle Mal.«

»Da komm ich nicht mit. Du bist Witwer. Zwar nicht mehr jung, aber noch ganz knackig. Wer sollte es dir da verdenken, daß es dich ab und zu in den Lenden juckt?«

Im Augenblick juckte nur seine Nase. Er kratzte sich mit dem Korn der Browning. Dann sagte er matt: »Ich bin als Vorsitzender des Kuratoriums Sauberes Köln im Gespräch.«

»Straßenreinigung?«

»Straßenreinigung!« Der Pistolenlauf knallte gegen seine Stirn, daß es mir wehtat. »Du Dämlack! Unterbindung der Prostitution, Schließung aller einschlägigen Lokalitäten, Vorführverbot für anstößige Filme. Das ist damit gemeint.«

»Wie war das mit dem Bock, der die Stelle als Gärtner kriegt?«

»Pah!« Mehr sagte er nicht. Vielmehr suchte er mit nun blinzelnden Augen die Wände ab, als habe da gerade noch ein Rembrandt gehangen. Dann schüttelte er ruckartig den Schädel wie nach einer Sinnestäuschung.

Ich fragte nach. »Also war das ein spontaner Einfall, mich als Möbbichs Mörder hinzustellen?«

»Genau.« Seine Lippen waren schon wieder trocken. »Genial, nicht?«

»Und Pinnschik?«

Er machte eine fahrige, nichtssagende Geste. »Ich hab die restlichen Abzüge verlangt. Anstatt sie mir auszuhändigen, greift der Idiot mich an. Wir kämpfen, und dabei löst sich der Schuß.«

»Das hört sich ja nach Unfall an.«

»Wie?«

»Ich sagte: Das hört sich ja nach Unfall an.«

»War es auch.«

»Und dann Schmitz.«

»Wer?«

»Schmitz. Der Detektiv, den du auf die Möbbich und mich angesetzt hattest.«

»War das der Kerl, der mich auf das Schiff bestellt hat?«

Ich nickte. »Dein Päckchen hat übrigens niemandem weh getan. Es ist im Gang explodiert.«

»Die Lunte war zu lang.«

»War das Dynamit vom Bauhof?«

»Vom Bauhof.« Er rieb sich die Augen. »Mach mal das Fenster auf. Hier drin ist ja überhaupt kein Sauerstoff.«

Ich zog die Gardine zur Seite und öffnete beide Flügel. Es regnete mal wieder.

»Damit hast du aber noch immer nicht die Fotos«, sagte ich, als ich mich wieder setzte.

»Die finde ich auch noch. Verlaß dich drauf.«

»Auch wenn du dafür noch zwanzig weitere Leute umlegen müßtest?«

»Was sein muß, muß ...« Er gähnte gegen seinen Handrücken.

»Wer war eigentlich dieser Pfleiderer, der den Verbindungsmann gemimt hat?«

Erst sah er mich verständnislos an. Als er dann endlich kapierte, kam noch einmal kurz Leben in seine Augen. Dazu bellte er schwach und schlug mit der Waffe auf die Schreibtischplatte. »Pfleiderer! Gut, was? Ha! Ein alter ... ein alter Kriegskamerad aus Aachen, der mir ... der mir noch einen Gefallen schuldig war.«

Das war's.

Ich sagte nichts mehr, starrte ihn nur noch an. Er bemühte sich zurückzustarren, aber seine Pupillen kamen immer wieder vom Kurs ab. Plötzlich öffnete er den Mund wie ein alter Karpfen, der den Text seiner Rede vergessen hat. So verharrte er eine Zeitlang. Schließlich verdrehte er die Augen, und sein Kopf sackte mit dem Doppelkinn auf die Brust.

Ich stand auf, nahm ihm die Browning ab, setzte sie an seine Schläfe und sagte laut »Peng!«, wobei mir die Zigarre aus dem Mund fiel.

Unnötig, ihn zu erschießen. Die fünf Seconal im Kognak hatten ihn geschafft. Und lebend war er wertvoller.

Die Tür flog auf, und Matern stand breitbeinig und mit angelegter Pistole im Rahmen.

»Legen Sie die Waffe aus der Hand, Saalbach«, sagte er. »Machen Sie sich nicht unglücklich.«

»Der da war's«, sagte ich und zeigte auf Leyendecker.

»Ich weiß«, sagte Matern. »Ich habe seit einer Viertelstunde mitgehört.«

Freitag, 09. Februar 1957

Wie im letzten Jahr, feierten wir Charlies Geburtstag im Stüsser, wobei Toni die Hälfte der Zeche übernahm, da Kretschmar Junior – Toni der Zweite – vor zwei Tagen vorzeitig zur Welt gekommen war. Als wir weit nach Mitternacht nach Hause gingen, war ich gut dabei. Um Zeit zu sparen, sperrte Charlie die Haustür auf. Ich stolperte in den dunklen Flur und knallte gegen etwas, daß nachmittags noch nicht da gestanden hatte.

Charlie machte Licht. »Noch eine Standuhr?«

Ich ließ meine Nase los. Noch eine Standuhr. Allerdings weitaus prächtiger, als die, die ich bei Hölscher gekauft hatte.

»Ist die etwa auch von dir?« fragte Charlie.

»Na, ja ...« Ich rieb mein Ohrläppchen. »Falls die eine mal stehen bleibt.«

»Oh, Leo!«

Zum zweiten Mal innerhalb von zwölf Stunden wurde ich erbarmungslos umarmt, geherzt, geküßt. Nachdem ich das überstanden hatte und erschöpft an der Wand lehnte, begutachtete Charlie das gute Stück von allen Seiten. Schließlich öffnete sie sogar den Uhrenkasten und steckte den Kopf hinein.

»Du, da klebt ein Umschlag«, sagte sie.

»Wo?«

»Na, hier drin.« Sie löste ihn ab und hielt ihn mir hin. »Er ist für dich.«

»Leo Saalbach – persönlich« stand da. Ich riß ihn auf. Die Handschrift kannte ich.

Wenn du diese Zeilen liest, bin ich bereits in Moskau. Ich verlange nicht, daß du mich verstehst. Vielleicht bist du sogar empört und fühlst dich hintergangen. Aber sei versichert, meine Freundschaft zu dir war aufrichtig und hatte nichts mit meinem »Zweiten Leben« zu tun. Das mußt du mir glauben. Bleib sauber. Cecil.

PS: Anbei die versprochene Uhr. Ich hoffe, die Jungs von Harrod's liefern sie rechtzeitig.

»Ein Brief?« fragte Charlie.

»Nur die Rechnung«, sagte ich.

Textilhaus
Trischmann
Volkshochschule
Hansa-
ring
Eigen & Steingass
Krefelder Str.
Maybachstr.
Aquinostr.
Lübecker Str.
Gereonswall
EIGELSTEINTORBURG
Greesberg
Plank-
gasse
Weidengasse
PETER DOLL
Baustoffe
Salzmagazin
Salon
Figaro
Eigelstein
Gaffel-
Brauerei
BP
Dagobertstr.
Domstr.
BIERBAUM-
PROENEN

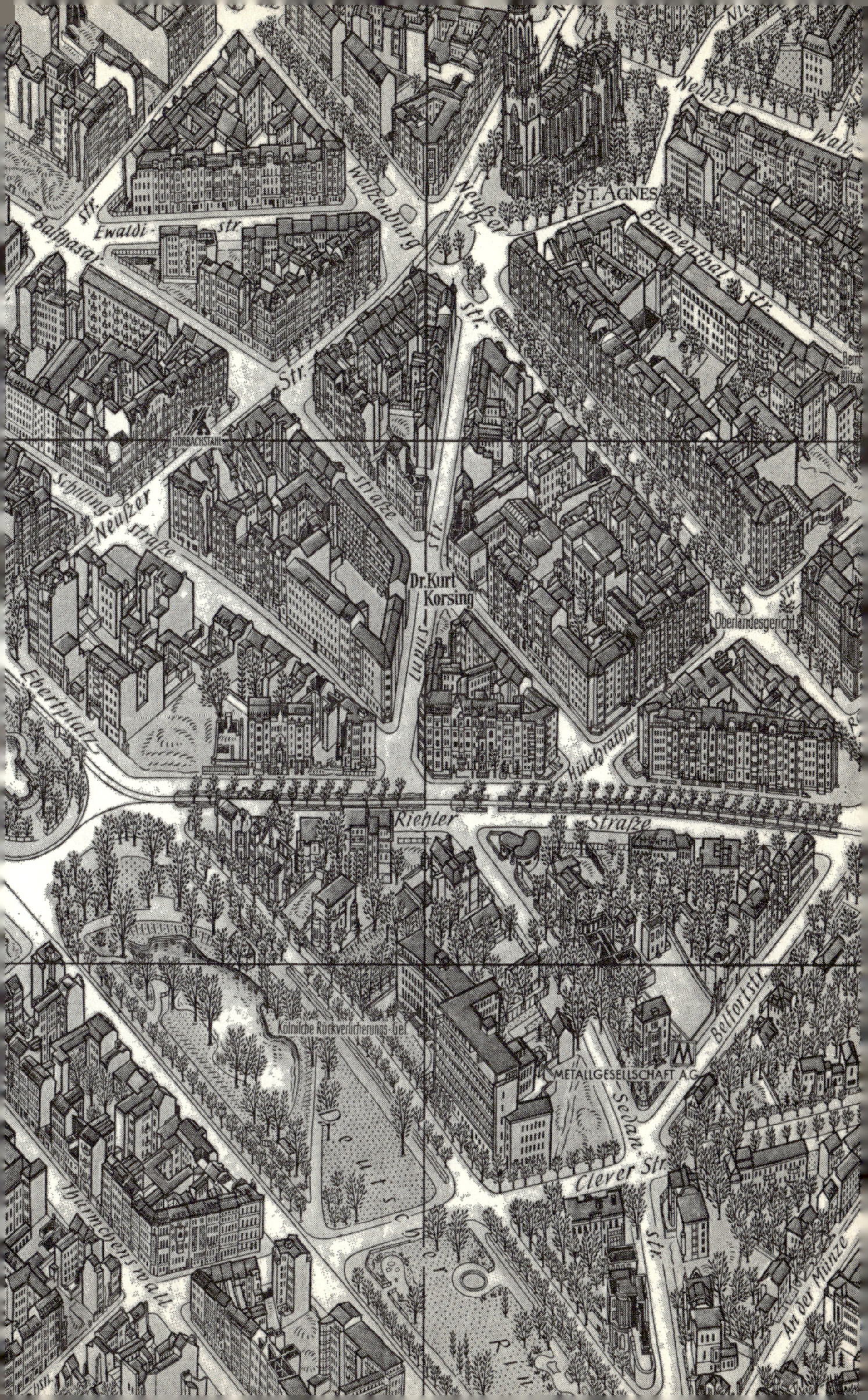

St. Agnes
Neußer Str.
Weißenburg Str.
Blumenthal Str.
Ewaldi Str.
Balthasar Str.
Schilling Str.
Neußer Straße
Straße
Dr. Kurt Korsing
Oberlandesgericht
Ebertplatz
Riehler Straße
Kölnische Rückversicherungs-Ges.
Metallgesellschaft AG
Belfortstr.
Sedan Str.
Clever Str.
An der Münze